郭昱沂

巴黎的前後時光

A la recherche du
temps avant et après Paris

以記取戀人的方式，記取巴黎——郭昱沂巴黎20問

1. **去巴黎唸書當下的那刻決定是怎麼產生的？**
看法國電影。

2. **第一次抵達巴黎時的味道？**
淡味陽光、微揚塵土以及耳根後的CHANEL No.19

3. **如果用顏色來形容巴黎的春夏秋冬，請問妳會選哪些顏色？**
春：帶著寒意的透明。
夏：單純而正大光明的綠色。
秋：參差變化中的楓紅。
冬：雪地裡的幽藍。

4. **如果法文是音樂性的，請問是比較接近哪一種音樂？**
當然是CHANSON香頌！

5. **妳覺得巴黎最性感的聲音是？**
播放中的法語電影。

6. **巴黎地鐵妳最常搭乘哪一線？爲什麼？**
3號線　因爲住處。
4號線　因爲學校。

7. **有妳最習慣抽的巴黎香菸？巴黎咖啡嗎？麵包？**
沒有，因爲很貴。
巴黎咖啡幾乎都不好喝，因爲只點得起最便宜的ESPRESSO。
麵包就太多了……PAUL的小橄欖麵包是我的常備午餐。

8. **早晨？日正當中？午後？夜晚？深夜？以上這些時刻哪一個是妳在巴黎最享受的時光？爲什麼？**
早晨乾淨透涼，然而很少遇到，不熟悉。
日正當中使我想起學生時代的升旗典禮，無奈又氣餒。
午後，可以散步，走巴黎。
深夜，寫作時光，感覺世界只剩下我與巴黎。

9. **妳喜歡巴黎的下雨天嗎？**
喜歡，容易想起「秋水伊人」一類的老電影。
還把羅馬假期的奧黛麗赫本也轉載到雨中的巴黎。

10. **妳在巴黎待了幾年？這些巴黎的記憶妳怎麼保存？**
八年。
以記取戀人的方式記取巴黎。

11. **最喜歡的法國作家？**
見一個喜歡一個。

12. **最討厭的一句法文？**
無。

13. **最愛用的法國產保養品？**
AVENE。
LA ROCHE-POSAY。
DERMARGOR。

14. **妳覺得法國男生跟亞洲男生表達浪漫的差異性在哪裡？**
所謂浪漫的差異性取決於我是否喜歡對方。
喜歡則一葉一如來。
不喜歡則一世界如一沙，容不下的一沙，浪漫得負擔又扎眼。

15. **為什麼選擇視覺人類學？最大的著迷之處在哪裡？**

可以遠足，可以拍電影。

16. **請形容巴黎在妳心目中的光度？**

有時是微曦的晨光；

有時是正輝燒著的彩霞。

17. **妳自己怎麼比喻巴黎前與巴黎後？**

巴黎前：過盡千帆皆不是。

巴黎後：斜暉脈脈水悠悠。

18. **離開巴黎時的味道？**

減少百分之五十酒精濃度然而不加糖的苦艾酒。

19. **最愛巴黎的哪一區？**
或是最喜歡巴黎的哪個咖啡館？

最喜歡巴黎第五區，因爲人文氣質；還有點窮人家的孩子攀著牆、眼巴巴望著傳來鋼琴聲的庭院，那種豔羨又永遠隔著的意思。

最喜歡就是導遊書上沒標注、不會充滿觀光客、不會一杯ESPRESSO要價兩點五歐的隨處一家咖啡館。

20. **第一次抵達巴黎　映入眼中是什麼場景**

第一次抵達，映入眼中的是大罷工中的巴黎，我拖著行李從巴黎北站走到歌劇院心裡想：對了！這是我的城市！

目次 Contents

巴黎後

Chapter01 縫隙時光

Chapter02 預感

巴黎後

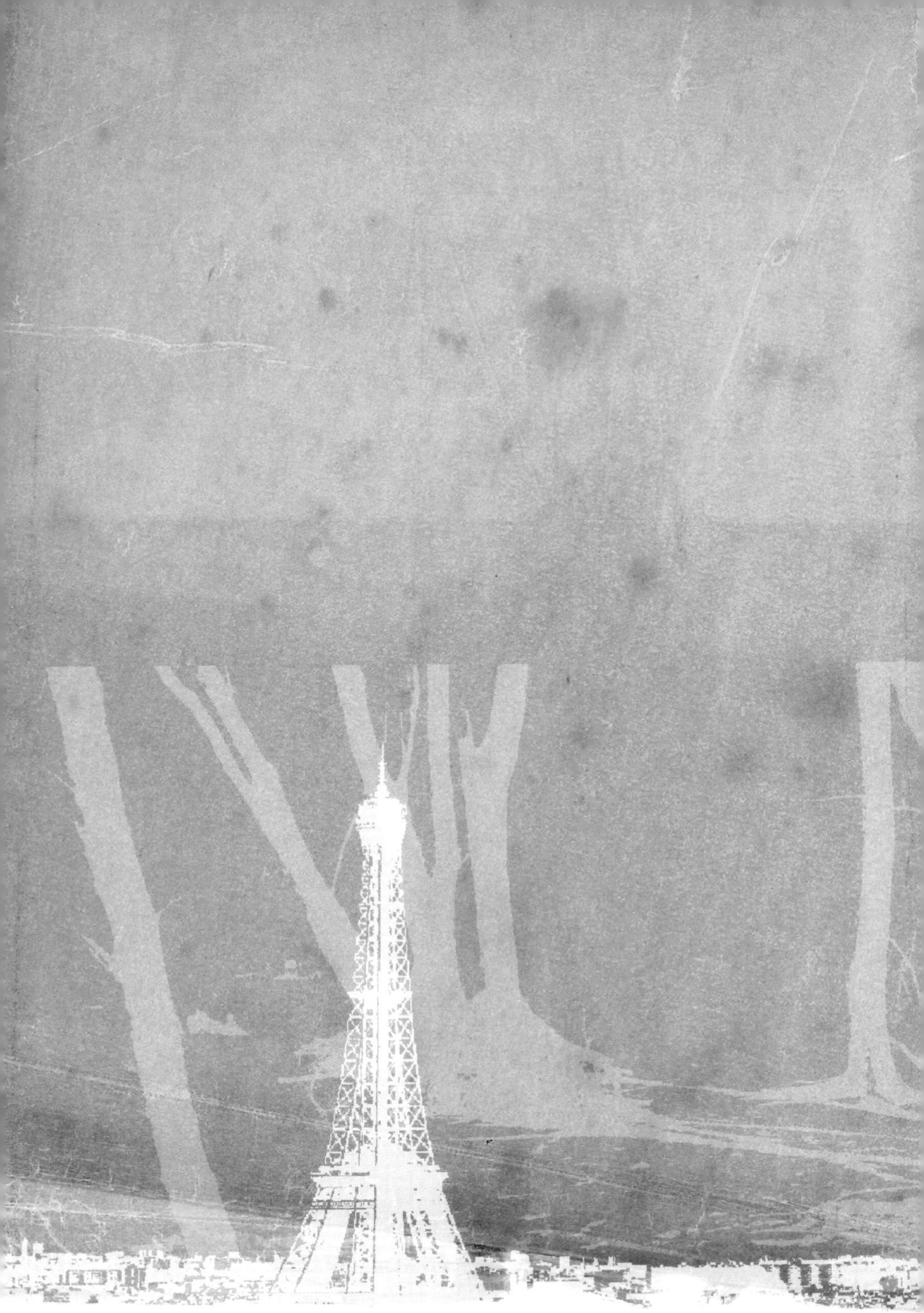

巴黎音箱

Chapter01

BISOU

法文說：Faire bisou，音譯近似「飛—彼駐」。

尚未認識這個詞彙，我已經領受到其詞義所代表的舉措，這是法式見面禮，左右各碰臉頰一下同時發出親吻的嘖聲，俐落、輕跳、快速響在耳畔，我個人最早所切身體會到的巴黎聲音。

近在唇耳之間，我很不習慣，跟人見面都要「飛」這麼兩下，顯得一視同仁親疏不分，雖也偷渡到若干情趣，藉由異國儀節來合理化身體其實或許想要親近的隱微慾望，跨越我們所習慣循序漸進由握手交談開始的陌生距離。我要自己不要太小氣了，入境隨俗，扭捏反而有失雅度，可做起來仍不大自在，臉部僵凝，還撇得太過去，彷彿害怕對方會「飛」得不準，有接錯吻之虞。

暑期課程結束法語老師授與證書，他的「彼駐」是直接用唇印在我臉頰上，不是「碰」

是真的「親」。臉頰潮潤的同時，我的思考能力也被淹沒了，這什麼跟什麼呀！嫁作法國婦十幾年的賴姊說祇有她公公與極熟的異性朋友才親臉。狀似很日常的儀節，其實大有文章。

「對，我知道這是禮貌，但他們也應該要接受我是日本人，在我們國家不興這一套。」Izumi碩士論文研究日本武士電影，嫌自己是火星人找不到對象才來巴黎，異環境反而強化其外星性格。南韓年輕裝置藝術家Sung-soo成日遊於各類名目的Fête（意同英文Party），他堅持Bisou不祇要發出聲音，還要確實親在臉上，這才顯得出誠摯，即使對方同爲男人。

Daniel先生工程師退休後在天主教學院傳授免費法語會話課程，作育了無數異國英才，他總說可恨自己遲到了四十年，亞洲女性才眞是從頭到腳趾都女人味十足哩！他描述某位香港女學生臉頰極柔軟極細滑彷彿剛剛發酵的生鮮羊奶乳酪，和她Bisou起來別有滋味。每回他在E-mail末尾給我來個「Gros bisous！」都好似一位爺爺在說：給妳好多好多胖胖的親親！

那短短的一瞬，可以給予暗示、產生排拒、宣示理念、幻覺遐想……，對大家其實都挺瞬間即永恆的，以致我總不忘在耳根後抹此香水，強化別人將氣味跟我的人在記憶中連成感性的一片。臨行告別、信的結尾、掛電話前都可以來一句「Bisou！」回台灣跟也待過法國的朋友見面，彼此總帶著玩笑意味Bisou一下，似乎在喚回那些值得追憶的逝水年華。

一般男人與男人祇握手，女人其實也不吃虧，可以依據彼此關係、身分、場合、心情，自行決定要或不要碰臉，對方不會勉強更不宜拒絕，我一般就趕緊主動伸出手，這可不違背國際標準禮儀。好感度當然也埋藏在這個決定的後面，比如我的指導教授，極富有翩雅氣質，我們一直是以握手禮相待，私下我又跟朋友宣稱他是全法國最迷人的教授，花了我一年多才得以跟他鎖定說話。一回偶然在人類博物館的民族誌影展遇見他，我立馬飛奔過去跟他「飛」了一個熱烈的狂喜的「彼駐」。

當時倒不記得問他——是否有人類學家寫過一本：《法式見面禮的起源》？

自從莎岡（Françoise Sagan）那本小說，「日安」這個字變成了巴黎的憂鬱，巴黎以外的人對這城市的憂鬱想像。

而在巴黎，則不，人們不必想像憂鬱。

即使不會說法文、不曾到過巴黎，看場法文電影，一則香水廣告，混幾堂法語課，法蘭西七日遊行前說明會，Bonjour都是所有與法國相遇的開始。

初來到，我還怯生生地，苦惱該怎麼跟女舍監詢問申請住房補助的事，唯一確定我得先微笑說Bonjour！（她必然微笑回說Bonjour！），再溜出幾個關鍵的單字，比手劃腳一番，溝通自然會這麼下去，終究我們將懂得彼此的意思。

在其他事都還不確定前，Bonjour是在巴黎唯一確定的。

朋友迎面打招呼，在某個場合初識，到樓下倒垃圾碰見鄰居，網路公司推銷新的優惠方案，超市收銀員，咖啡館侍應生，陌生人向我問路，對方接起電話，無論識者、不識者，他們總對我說：Bonjour！

字面翻譯起來是「日」安，其實夜晚一樣通用，這詞更近於中文的「你好」，但法國人用得較勤快，我們可以選擇不說光微笑點頭。被過度使用之後Bonjour的原始詞義已經剝落，如空氣如白開水一般，空泛然而不可或缺，兩個音節彷彿語言的外衣，在天氣無常的巴黎，穿上不會著涼，可也說明不了什麼。

Bonjour是別無意味的基本禮貌，想都不用想的禮貌，因爲不想繼續更禮貌的禮貌，最最輕微而不儀式的儀式，確保了文明人的安全距離，也許開啓一段關係，也許迅速結束一場際會。將巴黎變成一座回音谷似的，人與人相互說著，重複說著，不厭煩地說著，不得不說著。

我不會對「早安」「你好」之類有任何感受，法國人自然也不會，可我不是法國人，法國文化是我生命後來的事，牽扯進生命很底層的部分。我想像有一天遠別巴黎，隔得遠遠的，時光推移了不知多久，深夜，有月光的夜，我落腳於某一處，不自覺的在心裡對巴黎道聲Bonjour！霎時，關於這座永恆之城的記憶將如海潮捲湧向我襲來，淹沒了巴黎，淹沒了我。

日安，有時，不僅止於日安。

有個女孩上課總遲到，這一回她特意趕早，只遲了五分鐘，一開門，教授正杵眼前，近乎自然反應她說了聲：Bonjour！然而她的教授臉上無一絲神情，竟沒有理所當然也回她Bonjour！自那天起她生病了一個多禮拜，睡不好吃不好體重直掉三公斤。考慮了幾個月，她親筆寫封信給教授討論竹林七賢與酒神的關係，教授只回覆寫得很有趣，祝妳好，還將她的名字拼錯。一年多之後，她被證實得到腰椎間盤突出症，她說其實我是愛上那個以爲愛上他的幻覺。

這是我聽過關於日安最憂鬱的故事。

隔音

在巴黎有一半以上的機會租到老房子，典緻端雅，披著悠遠歷史面紗，歐陸人文氣韻，望之令人一番懷想綺思——如果上下左右沒住鄰居的話。眞正住起來老房子其實意味著差勁的隔音。

若是隔壁我還猜得出鄰居在洗澡、做飯、吵架，有個不成文通則是晚間十點以後請稍安勿動。可要他在我天花板梭來穿去，拐拐吱吱、喀喀軋軋，白天尚可，深夜一臨，我準備要醺浸在阿波里奈爾的酒詩中，耳朵卻被天花板發出的腳步聲牽引來拖曳去，我的聽覺神經被折磨到快要尖叫，卻又裁量不出個準確樓上的到底在幹啥。上下之間畢竟隔著的是超過百年的木板木條水泥塡充物。

最慘烈是樓上育有低齡兒童，一旦我軟性抗議，他家大人便攤攤手聳聳肩表示小孩子嘛很難管得住，即便在白天，他家還鋪著地毯，天花板照樣彷彿大軍掃過的戰場，不時還轟下幾枚砲彈。我於是心裡常設計各種情節鋸掉這小孩矯健頑劣的腿。

本著勿施於人的體貼，我一向留意自己所製造的各種聲音，可在連那裡的狗都瞧不起人的典型布爾喬亞十六區，樓下是位獨居老婦，天光一暗萬籟尚未俱寂我便幾乎動彈不得。即使穿兩雙厚底毛襪用「滑」的，即便輕聲緩步去上廁所，她也會用手杖頂著天花板，使力敲幾下示意我吵到她暮年渴望安居的心境──我想那馬桶是沖還不沖哩？

老房子隔牆如隔紙，每個人便彷彿多長了一副耳朵，不得不窺「見」旁人舉動。左鄰矮胖男，電腦工程師，起早他便清洗昨日廚餘餐盤、煮咖啡、沖澡，同時他還唱歌，沒詞沒調，哼哼吟吟個沒了直到他上班「砰」一聲把門關上；那歌喉令我想在他嘴裡塞個擀麵棍。右舍一對大學男女同居，週末開Fête，杯盤刀叉互碰、電視音響交奏、丟啤酒罐、噴香檳、笑鬧嘶喊，續攤的來客半夜兩點按錯我家電鈴，凌晨五點還可以敞開窗戶一腳跨出四樓高的陽台敲非洲鼓唱法語版國際歌。

所有隔牆隔窗隔門而來的聲音當中，最被留學生廣為形容、討論、訕笑、咒罵與印證法國人如何如何的，就是床第歡好聲音。那來自私領域範圍內最私的一款聲源，大概無論誰都會停個幾秒諦聽，在無可如何之中接收著人家生活片段然後繼續無可如何，誰會不識相跑去敲門要求對方停止或者放低音量？這可沒有日夜晨昏樓上樓下之分，也扯不到公德心上面。

每個人都裝在自己的聲音盒裡，自話自聽，別人的總嫌討厭，新式樓房不過是把那個聲音盒子包裝得更嚴密些，將人的自私實踐得更徹底些。

我在廚房切洋蔥，刺得眼睛泛淚，敞開窗戶邀請空氣進來，涼風颯爽好不愜意，鐘聲自火焰哥德式教堂尖頂搖落四散，我拾起，被詩意撞了一下，偶爾，我喜歡聲音的不請自來。

14e Arrt
ALLÉE
SAMUEL BECKETT
FOXROCK 1906 - PARIS 1989
ECRIVAIN IRLANDAIS
PRIX NOBEL DE LITTERATURE

地鐵要錢客

地鐵要錢客分爲合法以及非法。

合法的會掛上市政府核發的證照，在幾條路線交會的大地鐵站演出，你在過道、轉角、長廊曲折間不期然聽見會心一笑，音樂系學生組成古典樂團、安地斯山脈排笛組合、馬利四兄弟非洲鼓樂、北歐硬調爵士，也有東方女子撥彈古箏，雅致獨賞；這類演奏者經過審核具有一定水準，甚至現場擺攤販售起CD，盛夏觀光旺季更會圍觀成小型的人山人海。

非法的則不，他們在月台間穿梭，隨機跳上一站鑽進車廂裡表演，再托缽或脫帽跟乘客討賞錢。這類表演絕無冷門曲目，俄國民謠〈卡秋莎〉，原爲西班牙歌曲的〈我的心裡只有你沒有他〉，來自巴西的〈伊帕內瑪姑娘〉搭配第凡內早餐的〈月河〉，樂器以便於攜帶爲主：口琴、手風琴、小喇叭、薩克斯風、小提琴，然而素質參差不齊，有的擺明了是騙錢，音準、節拍、曲調全在敷衍你的耳朵。

唱法文老歌香頌多半是上了年紀的婦人，擁有溫潤厚實的好嗓子，她們唱著〈別離開我〉、〈海〉、〈我最美的愛的回憶，是你〉、〈玫瑰人生〉、〈落葉〉，那歌聲瞬間讓人情思悵惘起來，移動中的車廂罩著一層月光似的迷濛，時光遲遲。

熱門音樂在車廂裡轟鬧起來，循聲望去，布簾張開掛在兩根車桿上，一隻手在後面操弄著布偶的喜怒哀樂，布偶隨著節奏跳HIP HOP、練瑜伽、翻觔斗，結束前送乘客一束火紅玫瑰花，真可謂巴黎地鐵布袋戲。

採訴苦政策的單人脫口秀則主攻乘客的惻隱之心：「我失業了一年，家裡有太太和兩個小孩，小的一歲半，大的三歲，太太是非法移民又心臟有病，我正積極找工作，現在亟需您的幫助，不論您給幾個子兒、幾支菸、幾張餐廳票、地鐵票，或者給我一個微笑，我都感激您！」

數不清多少次置身地鐵的音箱當中，其中那場雙人獨幕劇最令我難忘。男子訴說著己身苦況，如耳邊風掃過漠然的巴黎人，突然有名乘客喝醉了大聲吼著：「你要是把我老婆抓走，我就給你錢！」

「喔，不不不！我自己有老婆要養。」

「那女人是魔鬼！」

「怎麼說？」

「她是全世界最邪惡的蕩婦！」

「你們有孩子嗎？」男子關心地問，暫且放下自己的苦難。

「孩子不是我的。」語帶哽咽，神情卑微難堪。

「別這樣，朋友，我請你喝一杯。」

「你把她抓走！抓走！」酒醉乘客突然站起來扯住對方外套，兩人一番推扭拉扯，大家全看傻了，正在千鈞一髮之際，兩人以華爾滋舞步滑開向大家鞠躬問安，全體乘客一陣如雷掌聲，連平常堅持光看不賞的我都掏了錢。

約莫一兩年後，聽朋友說起這兩位演員紅了，在一部美法跨國合作的電影裡原封不動地表演了地鐵這一幕。

女廁

巴黎這城，被過度想像，俯拾即是典故，象徵藝術人文，象徵浪漫時尚，而若以聲音爲憑上下尋索，她同樣是吸附著典麗喧嘩的聲箱。

夏至有徹夜不眠音樂節，拉丁區咖啡館有存在主義論爭，廣場有主題各異的示威遊行，街道有好似放鞭炮一樣不停按喇叭的結婚喜車，塞納河邊有船舶搖曳拍打著水岸，教堂鐘響更如音樂販子一般四處可聞。音樂販子或可美稱爲街頭表演藝人，他們奏唱著香頌，而香頌不過是法文「歌曲」Chanson的音譯，光這字也使人能「聞」見馥郁芬醉，冠上了法蘭西，這個字便灑上了一層迷酚。

但若走得更近些，妳是個女人，一個和我一樣的非法國女人，生活在巴黎，日常外出……

在電影圖書館看了一部由莒哈絲編導演以口白敘事代替演員表演的電影，剛剛一刻不忍離席，現在腹腔滿脹著。我快步走到廁所，慶幸還有一間門敞著，我關上門解開鈕子、拉下拉鍊或者掀起裙子，坐上馬桶讓自己紓解起來。突然——門把驚傳響動聲，撞著整塊門板轟轟隆隆，那並非稍微轉動門把禮貌性試探，而是用力扳轉一副要直殺進來的陣勢。燈光通明四下有人，怎出現如此大膽妄爲騷擾客？明明門已鎖好，我仍是一驚，幾乎起了半個身子。

這絕非唯一一次（亦非最末一回），不獨我，還有非法國人的妳以及她，都如此被驚嚇過，大家分別說起在女廁經歷的不愉快。

「怎麼不鎖好？」語氣中帶著指責，毫無歉意。

「我鎖了，門壞了啊。」妳覺得委屈，被「窺伺」反而還受到質疑。

「我試試。……眞的壞了，以後注意點。」天啊，非禮勿動耶，法國女人怎麼連進來先敲門的道理都不懂！

「幹嘛敲門？」語氣中充滿被侵犯的不悅。

「我不知道裡面是否有人。」我委婉解釋，一邊暗想：廢話，敲門當然是看裡面有無回應，總不好直闖進去吧。

「明明門鎖上了，裡面當然有人。」對方儼然在教育我一則最最基本連小學一年級生都懂的道理。

淡淡硝煙味瀰漫在女人與女人之間，可上廁所終歸是如此一般家常事，不好在公共空間當眾爭執，結果是各自帶著些微不歡而散去，這是場沒有結論的文化差異戰爭。

法國人認爲敲門是在催促對方快一點，除非對方在裡面使用過久，門外排了一串隊伍，否則這是不禮貌的。而他們又認爲上廁所理所應當關好門，門關好還怕人開嗎？不用力推開門怎麼知道裡面是否有人？

我們繼續生活在巴黎的聲音裡，一進入女廁必得反覆確認廁所門是否關嚴扣緊，如此，雖偶爾我仍會被驚嚇，但至少衹從馬桶起了四分之一個身子。

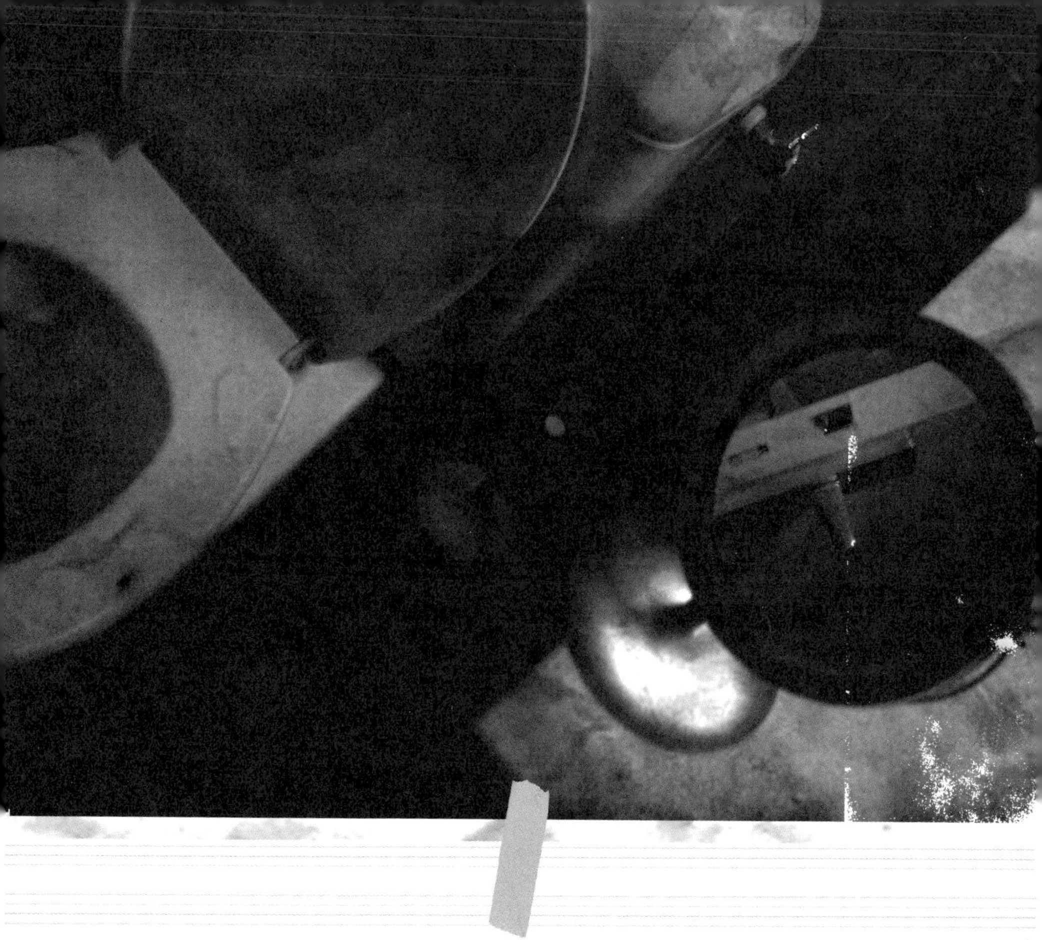

巴黎人類學

Chapter02

CDG機場

CDG張開來是Charles de Gaulle，法國史上最負名望與尊崇的總統戴高樂，可對我的朋友安妮塔，一名外商銀行的理財顧問而言，這三個字祇是機場，印在機票上指示她即將度過兩週例行假期而後復返的出入口。

即使台法每年來去，我從沒搞懂過CDG，無論由此搭火車、公車、機場巴士、計程車到巴黎市中心；或者來此準備劃位登機——出境樓層入境樓層、第一航廈第二航廈T9航廈、來回梭駛的接駁磁軌車——我的腦子立時煞白起來，無法以前回經驗來餵足此刻踟躕。

自然我從不負責接機這回事，安妮塔用流暢的英文詢問只愛「國語」的法國人，始終都能如願，巴黎畢竟是排名全世界第一的觀光城市，眼神手勢再加三兩關鍵字便可以完成溝通。

市中心一見面，在前往拉丁區高級旅館的路上，我們細訴的不是遠別至今的悠悠時光，而是比較起各自的戴高樂經驗。

安妮塔覺得離境還好，頂多在乾悶空氣中失眠熬時間，挑揀著吃飛機餐，翻閱免稅商品目錄（偶爾刷幾條唇蜜護手霜），瀏覽航空旅遊雜誌，看幾部好萊塢電影，用掉幾張新成分試用面膜，然後抵達桃園國際機場頂著時差隔天去銀行上班。

入境對我卻如儀式般，身體總要一番劇烈反應，上吐下瀉清理掉所有非巴黎的穢物，彷彿滲著些殘忍的詩意，我的身體飄空起來，純粹起來，如同我每回來每回陌生的CDG，全無回憶，我跟巴黎都轉眼重新開張。

最輕鬆的入境經驗反而是有回罹患急性腸胃炎，下午打針吊點滴晚上搭國際航班，有病之身讓我如獲特權一人躺五連座，不吃不喝睡完十幾個小時，中途空姐喚我醒來吃藥，降落之前喊我坐起，並電話通知地勤人員到機艙口接我。

安妮塔聽完只表示長途飛行確實辛苦「與生小孩一樣想起來就恐懼」，「但隔段時間我就感到一種需要，我需要巴黎，身體管不住那種需要。」她還欣賞CDG機場海關人員很散，從未檢查她的行李，我法國朋友託帶的菸十幾條都不成問題，那種隨和不挑剔的工作態度，令安妮塔覺得大器，她感嘆：「不像我的銀行專業少一個零都不行。」

我注意到安妮塔的臉妝亮麗細緻，完全不見飛行十六個小時的慘黃臉色，雙色魚口鞋緩步推著可多角度拖曳的行李箱，使我聯想起她在時尚雜誌的一篇專訪：地震時會先抓起睫毛膏、遮瑕膏和高跟鞋。

抵達第二天旅行的意義才正式發生，安妮塔需要一個夜晚的時間融入自己在巴黎的空氣裡。「我熱愛巴黎，因爲巴黎人夠冷。爲了接近巴黎的冷，下班後我還去師大法語中心上過兩學期，升級考試考得很漂亮，但其實我從未弄懂過那些怪異的發音和動詞變化。」

安妮塔試過將假期耗在日本、泰國、新加坡等地理近便且無時差之虞的國家，但那祇是無心無緒的排遣，很像在自家後院有一搭沒一搭底遊蕩，離得不夠遠，太簡單太容易就會顯得價值低落，她很清楚感受到自己並不用心。「祇有駕臨龐大凌亂的戴高樂，才強烈證明我的確身處異國。」

在職場上安妮塔是雍容的，花三年考上國際理財顧問執照，身材高闊腴麗，像生完女兒的英格麗褒曼，有種大器的優雅。她上網訂購祇有網路通路的德國廠牌精油，聽ECM爵士樂，最喜歡的歌劇是《死公主的孔雀之舞》，練瑜伽，報名心靈成長課程。懸在三十邊緣，她的美麗岌岌可危，雖勤於塗抹、做臉、SPA、到亞力山大踩飛輪，銀行裡已逐漸有些七年級小女生冒出芽，鮮青欲滴，「她們在我的名字後面加上『姊』，我絕不跟小女生相約一起度假！」

安妮塔在辦公桌下面放了十雙鞋，每雙都是在巴黎買的名牌高跟鞋，她自行規定的工作需要。「我喜歡踮起腳尖歡迎我的顧客，幫我的顧客精打細算，我不可能穿五分埔三百元一雙的，當我的顧客，有幸跟我單獨聊天的，沒有一個不需要準備好三百萬元開戶。」

工作七年多，幾乎存不上什麼錢，她花給自己，意即花在巴黎，她喜歡住新橋旁邊四星庭園旅館，喜歡到米其林星級餐廳用餐，還喜歡到蒙田大道蒐集鞋子。「我不買CD、LV、CHANEL，那不夠冷，我偏愛冷門又尊貴的牌子，而且就要穿在腳上，別人，必須是對時尚有心，對美感有心，對我有心的人才會連腳一起觀賞。」

腦中突然出現一個畫面，把我置換成安妮塔，她得了急性腸胃炎被機場人員用輪椅推出來，在所有乘客的豔羨又同情的注目下快速通關，她嫌自己腳下那雙平底休閒鞋夠不上冷豔；來不及換上高跟鞋，她便來不及從容，置身茫茫戴高樂，那時她一定能體會到巴黎真是個不設防城市，巴黎使人無法設防。

Départs
Hall 5

Ascenseur
Lift

Passagers avec
carte d'embarquement
ou billet seulement.
Passengers
with boarding pass
or flight ticket only.

溫州街

沒有人喊這裡溫州街，除了常光顧這一排實惠溫州菜的華人。我因爲跟拍一部紀錄片才眞正開始認識這條街，我是說，留意到食物以外的溫州人。

D有個宗教意味的名字，主動找我聊天，導演說過他有點筆墨，聽說我也寫作，拿了一疊稿子請我讀讀，D寫的是自己的故事。

最當初他擠在人堆被貨車運到這條街，糟糟亂亂已經算不出日子的一個清晨，天光濛霧，他的身體凍縮了一半。店面尚未開張，接應的老闆娘煮上咖啡，他加了好幾勺糖，胃酸灼燒著他，等人頭確定拿到尾款，第三杯咖啡沒喝完他就被運往地下工廠，車了十幾個月的皮件償還部分借款，才又住回溫州街上，跟一家子溫州人合租在二十平方米公寓。

故事中的那位老闆娘我也認識，聊天過幾次，她說自己的小吃店在這條街上是最早的一家，日本旅遊書專文介紹過。經D這麼一寫，我才瞭解到最早的含意還包括什麼。

溫州街上很多溫州人，也有黑人、阿拉伯人，彼此壁壘分明，黑人、阿拉伯人光顧自己的飲料賣舖，不會雜到溫州人堆裡，我跟其他華人留學生也衹會光顧溫州商店。劃分在藝文時尚的瑪黑區，卻窩囊地藏在邊邊角角，這根本不是一條體面漂亮的街，沒有牌坊春聯紅燈籠，招牌掛上幾筆孤寒漢字，不論販售的是飯菜、茶葉、壯陽藥還是理髮手藝，都帶著一種被法文排除在外的流落感。

其實這條街上過新聞，遭人舉發餐廳跟超市違反衛生法令，聽說從此便寥落了下來，所以總見得著幾家空店面，罩著一片灰，永遠等待裝修中。

平行、垂直於此街的周邊都是量販商店，皮包、首飾、藝品、旗袍張揚著不徹底的中國風，偏俗但還不頂難看。D說要領我去，零買一兩件也可以成交，可我沒有意思「妥協」，巴黎畢竟滿是脫俗又極好看的服飾。之後轉進D家，我驚呼他家八口人怎麼還需要連鎖帶鍊一共五道；法國不興鐵門，頂多在靠鎖頭的門緣加釘鐵片。

「這樣都還一個月被偷好幾次呢。」他討厭正好撞見賊的場面，那些黑阿臉孔絲毫不驚懼，往往悠呼兩聲口哨再悠呼離去，他不敢聲張更不能報警，連張難民證都沒弄到，警察來會先抓他，溫州街一半以上都沒身分證。

在青春期尾端偷渡來到，眼見中年將臨，卡在中間這十幾年黑市居民生涯，想起來D自己都無法理解，時間怎會這樣給用掉。他是孤兒，被外婆一手扶養大，童時的他曾一遍遍痴看著親戚寄來的明信片，為畫面裡的「外國」神迷，但卻跟眼下的巴黎無從聯繫起——他是個流竄在外國的盲流，活在巴黎的低層窄縫間。

溫州一座小城魚米衣綢無一或缺，偏偏溫州人就愛往外奔，同樣是開著一間發不了財的店，巴黎可就繞了溫州人半圈地球，撒下大半生積蓄，再積欠大半生積蓄。這在我心裡是個疑問，溫州移民心裡後悔卻永遠勸不動前仆後繼的家鄉人。

D把溫州街上走的溫州女人分為兩種，滿口法文跟祇說一點法文。前者多半生在這裡，頭髮沒一個留全黑，臉龐沒一個留全素，身上要不漏縫挖洞要不條條鍊鍊。後者來歷與他無差，但前途比他光明，洗碗、美髮、掮客、擺攤、裁縫、導遊、妓女，出路形形色色。在這各種形色間，D也能討到好處，幫忙賣黑菸，搞墮胎藥，香榭里舍招人買LV，什麼錢都掙。

週日D帶我一起參加溫州人固定聚會的教堂禮拜，跟著唸誦經文，他的自傳中引用過幾句——賜我善心之眞樂；靈魂之潔淨光明，一如復活。不敢再陷於死罪；又賜我能輕忽世物，若已死亡，不戀虛妄之福。阿門。

他要自己守著一些什麼，別好好一個人教環境給糟蹋掉，再就認不得自己了，會過去的，這段窩囊的日子會過去的。

至今D依然保持童身，存有愛情幻想，他明瞭他的愛情不在巴黎，巴黎壓得生活太窘迫，也令他把女人看透。溫州女人首選是法國人，次選是有錢有紙張（身分證）的中國人。法國女人則從未用愛情的眼光打量他，何況她們是外國人，D很堅持這點，很多溫州人都堅持這點。「哥兒們說到聖丹尼街（市中心的風化街）睡過就算了，外國女人皮膚很粗，味道重。」

「要找老婆我回中國找，絕對不要溫州的！」彼此都知道底細在他是不樂意的。

等這次順利接應到偷渡客，D準備用這筆酬金跟一名有紙張的溫州女人假結婚，那女人在大陸有丈夫但這裡查不到。等拿到紙張老闆就不敢剋扣他工資，他要加倍努力賺錢，賺足了就衣錦還鄉，買好多禮物探望外婆，也買好多禮物贈送遠親近友，還要特別買些給女人的禮物，相親時用得到。

我問那之後……還回巴黎嗎？

他不知道，他走在巴黎的溫州街上，找不到答案。

CHAPELLERIE

TATUNG CO.
FAN

- SH + COUPE + BRUSH
HOMME 男宾
ENFANT 儿童
12 €
10€
FEMME 女宾
- SH + COUPE + BRUSH
13 € COURT 短 15€ -18€ LONG 中长

市立浴室

我可以免費住宿一個月，條件是照顧三隻貓，兩隻歸房主，一隻屬介紹人，而介紹人是我大學同學的高中同學。我已經簽約好一間公寓，擁有適合孵生巴黎夢的所有條件，古雅、麗緻、三步有香草精油舖、轉角一家古董吊燈店，最心折當屬隔街一排櫥窗陳列著原版的懷舊電影海報。說來照顧三隻貓也正好抵銷前房客搬走的期限。

盯著眼前這第四隻貓，鄰居夫妻委婉請求我一併照顧，貓在那日本太太懷中被呵護著，我不可能說不，拒絕不可能發生在我這種撿便宜的幸運中，誰都想不過是順便而已嘛。隱然感覺，這對異國夫妻有意藉著此番旅行打開情感鬱結，連著兩天我都聽見法國丈夫摔門聲，這樣我可不更得收留這隻「電燈泡」了。

生平從未養過動物，我斯文迂迴地指指畫畫，問：這貓是否已經……？

日本太太堅定搖搖頭：「沒！但沒事的，牠不會……」力證其貓之思無邪。

我不知道牠會不會，我也不瞭解其餘貓隻，我對於動物的生理與心理世界一片蒙昧，頂多在清晨將醒之際赫然見貓依偎在我枕畔驚叫起來，或者擔憂牠們老在窗邊貓步挪移可會掉下樓去，還有我最不希望任何一隻貓蒙昧地受孕了。

原本的三隻貓相處得不好，介紹人的貓與介紹人一般都很潑辣，送貓來的時候還發生人貓對峙互吼的場面，貓討厭被離棄，即使祇是一個月。房主的兩隻貓，一公一母既非愛侶也非友伴，相互不聞問但還彼此習慣，新來隻兇母貓，態勢就變成二對一；現在加上這第四隻日本進口公貓——足可堪慮！

浴室不大，擺兩個貓盆使我僅容旋身，貓沙與貓食我隔一天就從超市扛回來，這難不倒我，然而就沒有人肯忘記我所得到的便利。接到一通陌生女孩的電話，說陌生也許不準確，她認識這房子的介紹人。女孩聲音充滿了傷感抒情，她和德國情人瀕臨分手，女孩的中文不好，用法文一講我立即知道情人也是陰性，對方不願依約照顧貓，女孩又必須回香港。

我在地鐵站台上看著女孩纖不盈握的離去身影，剛交到手中的貓籠晃動起來，顛撲不安。

小貓不足八個月，會膩著我，蹭著我，要我順毛撫摸，要我說些柔語呢喃，我拿小貓沒轍，但總算養到一隻有心肝些的貓。我抱著小貓，纖薄毛層下面小貓微弱的心跳令我感覺到另一個生命的律動，如此陌異而與我依依相親。

往往打開食物包裝時，群貓便趨近但刻意維持一段距離，弓直身子睜睜瞪著我，用冷厲眼神示意我離開，隨後便一陣廝殺，貓群食性貪婪卻又姿態倨傲。擔心小貓搶不到，小貓的那一份除了有牛奶還放到遠處與其他貓分開。

任何時候開仗，小貓都知道躲，窄細的身子鑽進簡直看不出縫的旮旯。群貓彼此力嘶尖嚎，飛空踢躍，顛倒抓扯一團，我有家裡隨時發生重大傷亡的心理準備。深夜臨睡，我不得不塞住房門下端的專供貓隻鑽進鑽出的小門，貓爪憤恨底在門上刻畫著，刮痛了我的神經，一本八開磚頭法語辭典我抓起來往門轟去，嚇退了，和平卻一如幻影，片刻後、凌晨前、新一天都會有新戰事。

原本以爲在巴黎近郊生活是種體驗，是主菜之前的前菜，就像我申請電影學院之前得先在天主教學院語言班註冊，累積實力以待後發，這群貓啃光了我創作的慾望，我將筆記型電腦鎖在衣帽間，無時不飄落的貓毛無處不在。

相處幾日，心灰了，我與五隻貓這般不得已的關係。

私心根本瞧不起這群畜生，祇會吃、喝、睡以及……天啊！怎麼能畜生到那地步呢！貓盆外、馬桶周沿、洗手台……到處都是，我的官覺受到莫大迫害，頭腦一片轟亂，甚至連旋身都要不可得了，我用力麻木著自己去處理五隻貓的穢泄物，憋住從肚裡翻滾上來的嘔吐感，尤其避免注視自己的手，一雙導演的手正被寫入三流恐怖小說，從屎糞裡伸進伸出，我的心靈嵌滿了蛆，千瘡百孔。

衝出家門甚至也沒帶換洗衣物，搭地鐵時心想怎麼也不會糟過五隻貓肆虐過的浴室，我恨牠們，過早猥瑣了我的巴黎夢。前面幾名流浪漢在排隊，他們看著我悄悄議論著，灰埋的臉上透出驚喜眼光，年輕東方女子竟與他們齊享巴黎市政府德政，他們舉起手中的梳子、古龍水、破鏡子向我問好示意，我僵著，笑不出來，眼前這不足爲外人道的巴黎經驗。

公共淋浴間男女分邊，我領了號碼條，隨後穿著制服的黑人便指定給我一間浴室，瓷白煥亮，潔淨可喜。恨不得刮盡剝清所有穢泄，我將水柱調到最強，先激沖一位導演的雙手。

傭人房

當夜晚艾菲爾鐵塔的探照強光流轉四射，削過七樓房頂，我的房間便霎時被排除在陰影裡。這陰影圍出的空間，以前是傭人房，最典型古雅樓房的必須配備，顯示有錢人需要被服務，沒錢的就擠在有錢人用剩空間裡，切成一格格鴿籠，擠進去，活下來。

貧窮讓我住進傭人房，而鄰居H的貧窮則發生在他與情人分手之後，他的巴西情人免於貧窮是因爲娶了一名法國寡婦，寡婦或許知情卻不肯離婚，對峙了三兩年，H珍惜自己青春可貴於是先棄械認輸。

租傭人房不需保證人，不須付佣金，就一個月房租作爲損毀房子之虞的押金，然而傭人房被損毀的可能性很小，就跟它八、九平方公尺的空間一樣小，沒廁所沒浴室沒廚房，單獨一個洗手台造不了反。

學位懸宕已經好幾年，H主要收入來自導遊，騙一群英文不好法文不會的觀光客，每年都跟警察局吵簽證，直到短暫露水過的朋友願意幫忙，將他的名字一同列在電費單上爲期一年，警察終於確信他妾身已明，有室有歸；其實也不過才這兩年，同性亦可以辦理同居證明。

H徹底不想回台灣，長久已習慣於隔離式的貧窮，覺得回去了也不再是自己，來到巴黎前那個親友所熟悉的自己。不明就裡的會以爲選擇隔離在巴黎是種風雅，其實異鄉客多半與周圍無交涉，隔離直等於冷暖自受的孤絕，風雅不會落魄到傭人房。

七樓圍了一圈窮住戶。斜角是名回教徒老人，永遠以沉默和微笑來傳達不想與任何人深交的意思，定時在半夜擦澡，開窗向著固定方向頂禮膜拜。對面摩洛哥夫妻把所有精神聚集起來注意鄰居動靜，一到晚間十點，先生變成巡警要大家不准發出比他家電視還大的聲響；太太則熱愛花時間掃出一間模範公共廁所，瓷亮潔白，香氣濃嗆，還貼出使用守則，昭示大家她因辛勤付出而擁有公廁管轄權。H隔壁的黑人同學，在發現H不愛女人之後，便不再掛記感謝他幫忙找房之恩，那具黑亮身體刻意與H保持距離，他對我說：「這在我們（非洲）那邊會是醜聞。」然而H總不自覺聞見對方的濃濁體味，因刻意遙遠而偏要向H逼近。

住戶出入同一道大門，階級分別卻絲毫不混淆，非傭人房住戶搭電梯，傭人房住戶祇能爬藏在邊角小門後的樓梯，一層一層爬過所有被封死的後門，「直達」七樓通道，各自回家去。

一樣爬七層樓梯上來的，同處在低微態勢，我不明白人怎麼就跟著劃地自限，只敢往同類身上使勁探查、囉唆、挑剔；雖然他們也八卦住在樓下的房東。H顯得不同，在一名胖太太囑咐她小孩不准跟住在七樓的那幫人說話之後，他再也不跟任何七樓以外住戶說Bonjour，除非對方主動，實情對方也極少主動。

我跟H都同意，冬冷夏熱的傭人房已經不舒適，何必讓自己屈就於布爾喬亞階級的心情晴雨表。

H親口跟我描述自己的身體被關在鴿籠，慾望便無法遏止往天邊海角奔放去。最大花費是在「交通」上，電話、傳真、手機、ADSL，這末一項與他一同晨昏作息，掛網通MSN，逛遍色情網站，四處登錄交友，申請數個電子信箱。床底下排著啞鈴、拉力棒、緊腹滾輪，若上網發膩了他就練身體。

除了室內交通，H更常外出交通，鴿籠關不住他，反而刺激他尋找巨大的空間安放慾望。他到游泳池、澡堂解決傭人房無浴室之苦，找尋與其他男體擦撞機會。到印度區小吃店、瑪黑區酒吧、蒙馬特區情色店打工，做黑的，不報稅，而他是黃的，年紀輕身材好法語漂亮，爭相有人納稅給他。

偶爾H會跟我借「浴室」，房東替我裝了個沖澡的蓮蓬頭，他在簾子裡面沖澡，我在書桌前面戴耳機剪接影片，洗完了，一個衣著整潔又禮貌誠實的男孩就會坐在我床邊聊天，他說我壞人遇得少基本上是個社會白癡，跟我說什麼都很有效果反應。一名駐法外交官跟H好上了，很迷他，將他往身邊帶，讓他認識自己工作生活處所，有點提攜寵愛之意。

「他不可能想到我也住在使館區，搞不好還跟他的傭人逛過同一家超市。」外交官的確不會想到艾菲爾鐵塔探照強光一樣掃過傭人房，傭人房以外的人

想不到這一層，但H這麼感嘆恐怕是動了情，所以才遺憾對方跟自己不在同一個世界。七樓這圈人的慾望、生活、歡喜怨傷就在一方小小空間裡，遺落在上層階級的想像之外。詭異的闃聲歌劇響起，H接起外交官愛人的電話，照例又會消失一陣子才來借浴室。

我從最高的傭人房看著底下熙熙攘攘的營生面目，彷彿冷冷注視著階級，自覺足夠了，一沙一世界，在傭人房裡吃喝拉睡，什麼也不缺，我是這個世界的主人，完整可以決定自己。整點時分，夜晚強光一來一往削過我的房頂，煩了，我放下窗簾，隔絕一切的巴黎在外面。

洗衣船

提早到了二十七分鐘，他說不好找，我於是過分擔心。

第一眼告訴我，來過，那時裡面住著夏卡爾、畢卡索、布拉克，整棟建築物外觀像一艘漂在水岸邊的「洗衣船」，二十世紀初收留了一票窮作巴黎夢的藝術家——我是初來乍到的死觀光客，即將就讀語言學校的半文盲。

而幾年後的這時間，住著他。

他是一個法國男人，對我而言，他是一個男人。

所有的法國男人都是外國人，因我無法想像如何與一個不會唱無敵鐵金剛、沒讀過張愛玲、聽不懂用台語髒話問候別人母親的人牽扯感情。祇那一回，無從預期的，他繞過我身後在隔壁落座，與我同看完一部講述冤獄的紀錄片，空氣分子躍躍跳跳撞來擊去，傳染著甜詭的猩紅熱病菌，我的呼吸險阻起來。

一旦他成為了男人，我開始生病。

在應約前來的一段時間我更病了。

「洗衣船」位居蒙馬特山上廣場邊，如彼時一般，廣場仍是幾株樹、幾張座椅、一地落葉。在巴黎不興準時，早到更顯唐突，我坐在樹下的木椅（故意挑與當初一樣的位置），閉上眼，風揚起，柔和的陽光如淡淡金粉灑下，我感覺到時間經過。

整整一百年前，畢卡索選擇落腳此處長居巴黎，他的末藍色時期。一名年輕女模因為避雨，無從預期地，被他邀進船內，費儂德・奧麗維葉（Fernande Olivier）於是成為畢卡索的情人，他們常去觀賞馬戲團表演，陰冷、絕望、嚴峻添加了些許溫度，費儂德讓我的男人過渡到粉紅色時期。

原本我不過是教室眾生裡一張東方學生的臉，他不過是對待教學這回事很冷淡的客座教授，染病之後，我決定騙他，以電子郵件抱歉自己不慎遺失，他要我來拿那張我其實壓在水晶盆下有他簽名的上課出席證明。巴黎乾燥，上網遍尋美容偏方的姊妹淘教我睡前在枕頭旁邊裝滿一盆水，保持嘴唇濕度，若不，我總用手去撕那層出不窮的死皮。

我習慣透過水看著他的簽名，晃晃漾漾。

在重逢之前，他的缺席造就了我內裡的空洞，我無法確認快樂可以持續到下一秒，下下一秒，所有現實都可以掉落在那個洞裡面，使得我一無所感，我便這樣跟其他現實空隔著。

我跟人不停不停敘述，藉由敘述來辯證來採證來證無可證。我的愛情欠缺發生，欠缺實證，欠缺有血肉的男主角。偏姊妹淘嚇我，單獨到一個法國男人家喔，妳知道法國人……很難說會不會發生點什麼，要不穿一套漂亮點的內衣褲，免得臨場後悔莫及。

早就後悔了，當初與他身體最靠近的時刻，隔鄰而坐我卻沒擦香水，玫瑰木、罌粟、鼠尾草口碑都不錯，香奈兒五號以及麝香就太過女人，不夠含藏，隔著一個座位照舊凌厲。

我的精神心智與身體心智顯得太遲緩，雖從我一六七的身高看過去，法國女人普遍不太高，但她們吸菸，穿無內墊的胸罩，或者不穿胸罩，戴不止一枚戒指，不止一條手鍊，毫不掩飾臉上雀斑，尤其性與愛在她們是可分可合；相較之下我平淡無奇得像引發不起任何隱喻與聯想。

一位出洋留學的女碩士，茹苦念書二十年來未曾間斷，可這時在船外，她跟一位剝完四季豆，校車尚未送孩子回家便讀起情色羅曼史的平凡家庭主婦；跟那一排站在金石堂把封面繪著雅逸倩女的言情小說啃完的中學女生；跟堅持初夜要留給丈夫，視愛情若上天恩典的女教徒；跟那些到好樂迪點電子舞曲、芭樂情歌邊哼邊晃的俗麗台妹，有何差別？

我們不過都是在幻想或者延長愛情暈船期。

愁到天地翻，相看不相識。我看不起自己，可恥又不求上進，臨屆適婚年齡卻放任少女期拖遲下去，身體耽溺在純精神狀態，在自我想像中經歷一場浩劫，一場總結為零的天翻地覆，我的慾望似乎祇要剔透，無血無肉。從來就不應該惦記李商隱的詩。

影片結束之際旁白：試想，如果法國也實行死刑，那麼一條無辜的生命便被國家機器的假正義給槍決了。

我需要一顆暈船藥來平靜自己，畢竟他對這一切全無知悉，我得調理一下身心，微笑、端莊、無意久留，免得他會對我的人格作出不夠詩意的判斷。航行下去的意義是靠岸／讓事情發生，無論是一個故事的開場或者閉幕，再過幾秒我都將準時出現在他船門口，四、三、二、一……

工作坊

我從Atelier趕過來，褲腿上濺了些顏料。

「經紀公司要求先看過衣服，約都簽了，衣服不好看就不拍嗎？本來就算不上高級名牌，一定拿了不少錢……」朋友說。

我來幫忙，朋友是這家雜誌的巴黎特約策劃，負責所有服裝拍攝事宜，女明星即將飛來爲這品牌的春裝拍照，經紀公司卻不放心衣服，要他先找人穿。我尾隨著一路靜默什麼也沒問，免得顯出見少識寡，中午衹吞了兩小塊藍莓乳酪，我刻意保持平坦小腹作爲臨時代言人的職業道德。

經過通報，穿越兩道關卡登樓上來，朋友極有禮貌底握手寒暄，我跟著點頭微笑，秘書不冷不熱表示明年春裝的所有款式全在架子上，沒有特別試衣間，除了靠後那間廁所。一位西裝男士在相鄰辦公室翻卷宗講電話，展示間另一邊放著一套皇家氣派的沙發桌几，可見眞是給Buyer下單、提供意見，沒有人在此試衣拍照，更何況還是「假」模特兒。

白色琴鍵似的屏風等距間隔，一區一個色系，活動衣架從琴鍵當中延伸出來，其下的黑色底座擺著皮包、鞋子、皮帶等配件。雜誌事先設定了四個主題：復古懷舊電影新浪潮，華燈初上冶豔紅磨坊，異國風情東方艾蜜莉，夢幻裙襬搖曳塞納河。朋友依著主題挑挑揀揀，一邊以中文夾雜閩南語罵眞難看！太花太老！風格很妖！抄東抄西！有錢沒品味的女人才會買！

雖明白朋友不滿女明星的經紀公司讓他辦這窩囊事，但我心裡不免埋怨，畢竟是穿在自己身上，就有種莫名的維護心理；模特兒怎麼說都容易跟「美的範本」聯想在一起，我擺脫不了對此的虛榮想像。

一共配出三十幾套，他要我穿的時候小心別弄髒別扯破，賠不起可麻煩了。

天井灑下來虛弱陽光，整幢服裝公司宛如透明的流水線工廠，玻璃窗裡面切割成設計部、車衣間、布料房、電腦檔案室，一桿桿鐵柱焊在玻璃外面，不知是特殊裝潢還是防盜，人就穿梭於流水線上調配著顏色、形狀、作料、零件。我選定設計部門的Atelier，因見簾子後面圍出一個小空間。其實法國人換衣服並不如此保守，但我不是法國人，這樣拎著衣服躲起來換，除了秘書知情，恐怕誰都要懷疑我的來意與身分。

我將自己的外套毛衣長褲圍巾胡亂疊掛在一起，不好估據所剩無幾的空間，小心翼翼穿起那襲細肩帶連身裙，紫鳶尾從心房迆邐腰際，小腿肚飄飛著細細葉片，水洗絲下的皮膚煥發起來，柔膩，曖昧，徹底女人。我等不及要見到自己，在我家，平常在跟幾個藝術家合租的Atelier裡，我從未如此打扮過。竭力保持平靜走出來，設計部有兩個人拿起圖案正比對著抬頭看了我一眼，不夠善意，也完全沒惡意。我頓時心虛，提醒自己這是虛榮的時尚行業，這是一件其實跟我無關的虛榮事。

事先沒想到，標準尺寸採用三十八號，我三十六號，個頭又不比職業模特兒。秘書拿來一盒針，兩頭俱尖，朋友和秘書幫忙收短一段肩帶、收緊腋下、腰身、臀圍部分，插過來別過去一堆針，頓時我芒刺在背，極力縮著身體免得針沒別緊衣料又給崩落。我不能想像，代言的偶像女明星更頭小身細，如何擔得這些衣裳？

冬意凜凜，長身鏡裡反映出幾乎半透明的我站在群衣之間，非標準身材與內衣輪廓隱約可見，巴洛可式吊燈下我極力擺出最自然最無所謂的姿勢，因爲自己沒有適當身分，即使心靈與衣群一樣輕盈美好，我卻不該張揚這些輕盈與美好。當我徘徊於竊喜與尷尬而不知該不該笑之間，朋友已連按幾次快門，沒要我換姿勢也沒見他調過焦距。

我繼續拎著下一套衣服進到Atelier先脫舊衣再換新衣，然後穿過中庭來到朋友面前拍照，如此穿了又脫，脫了又穿，穿穿脫脫，往往覆覆，機械重複到衣服已非衣服，是內於身體，是自己的一層皮膚——那深層的靈性的皮膚逐漸要乾脫剝裂——我口乾舌燥極了。跑到廁所水龍頭灌幾口又噴足自己一張臉，雙腳開始發凍，冬令當頭，我比所有女人早一個季節穿上嵌滿亮片水鑽的絆帶式高跟涼鞋。

自己在Atelier臨摹那些模特兒，那些我祇管線條、姿勢、膚澤的女人，我從來不必試圖去感受她們，她們祇存在於我的畫筆下，被注視被要求被臨摹；我也就在一件又一件衣服的重複穿脫下，變成跟自己無關的物件，被注視被要求被拍照。我走回春裝展示間，見朋友繼續在衣堆裡翻撥著，冷不防，回頭對我說：忘了啦，還有左岸咖啡知性人文風。

十隻小手玩具店

巴黎十七區里維街（Rue de Lévis），從熱鬧的市集商家延伸過來，一半折了腰熱鬧便消停些，到了我住的82號，左右都是住戶即客戶的安靜商家。我在里維街82號住了四年多，在那間只有二十五平方公尺（約七・六坪）的房間開始寫作，一篇寫過一篇。然而最初文字的降臨，與夢，與月亮，還與童話一齊尋訪而來，近似在我身上作用的神秘經驗。

子夜一過，除了行人的鞋板叩著路面在寂靜裡被放大的聲音，唯一就是我，斗室裡舉措微小地東晃西蕩，憂愁難以入睡，又心緒異常被撩起，喃喃語句著，字成句，句成文，文又不成篇地不斷盤繞，躺著也醒著，醒著又抽離了清明意識——直到夢。

次數頻繁的夢，情節奇幻又怪異。

重複最多的是數學考試的噩夢。有一隻纖小的花精靈好心提醒我明天要數學考試，我不斷解釋自己已經長大了，而且保送進入大學中文系，再也不會有數學考試！花精靈的眼睛立時變成無數面鏡子，千百面鏡子朝我逼近，用黑白分明的放大瞳孔在檢查我是否說謊，我感到委屈難受，哭著問：「我不是已經長大了嗎？」瞬間，我的手被一隻穿運動服的黑貓拽起來，朝前狂奔，幾乎就飛起來了，奔到了天空之上，還沒長大的我為了逃避數學考試而說謊，黑貓有一副木鼻子，每一根挺立的鬍鬚都跟木頭一般堅硬，正當疑心木鼻子會不會起變化之際，我就被牠從天空推下去……

分明逼眞的場景故事，夢模糊了我，不知身在夢裡或者局外，夢魘過後，醒來總必須要花一段時間平復剛剛的心悸如焚。

曾經試圖放一本筆記在床頭，但夢難以記全，更難以描述，常常我又夢接連著夢，嚇醒過來再睡過去開始另一場夢。等上午過了一半醒過來，昨夜的一切便離得很遠了。好似我跟自己搭火車，坐在同一節車廂裡，我著急要跟對面那與我完全無異的人開口說：「這是夢啊，我夢到自己！」然而對方毫無所悉，我的聲音一直被疾駛而過的風呑噬掉，在狂吼中漸漸地我醒轉過來一如白天。

傍晚六點半，照例到街口的麵包店去碰運氣，賣不出去的糕點會三、四個裝成一袋廉價賣，法令不准隔夜販售。認準自己反正是外國人邊走邊吃也不會招來勸阻，以散步的節奏嚼著杏仁奶油酥餅，遠遠地，讀到那塊招牌，酥餅就噎在喉頭，不會有人相信那個片刻我有多麼驚奇，恍然大悟就是那麼回事吧！

「日安！夫人。」

「日安！需要我的任何建議嗎？」從一堆卷宗裡抬起頭的是一張窄長的臉，笑得很專業，世故得不過分，但也不見得好親近。

「我住在樓上……正樓上，玩具的上方就是我……我書桌旁邊的窗戶正好可以看見你們招牌的『玩具』兩個字。顛來倒去重複說同一件事，其實我想說……」

「喔，是嘛。先前那位法國女士搬走了啊……您想要找什麼呢？」

她看了一眼我手上的那袋糕點，塑膠袋上貼著一．九九歐元，我後悔不該這麼衝動，在這條小布爾喬亞的里維街上，等明天再來多好啊，頭髮梳個樣式、抹點護唇膏、穿雙有點牌子的鞋。我感應到她正在猜想著我要詢問這裡是否缺工讀生──

「我要選個禮物！」將自己的聲調揚起，斬釘截鐵告知女店員吃廉價麵包的鄰居也可以祇是單純經過想買玩具送人。

當然我什麼都沒有買，玩具店很深長，不是我二十五平方公尺的住家可以包括，我隔壁的那對里昂老夫妻其實才算眞正佔據了大半個玩具店樓上。「十隻小手」是間迷你玩具博物館，從童年開始一路以來的卡通角色，都被羅致其中，但貴極了！忒小一枚藍色小精靈得七歐元，心愛的小王子鑰匙圈索價十七歐元。

那天，似乎我默默地消失在女店員眼前，趕快按下公寓密碼，三步併作一步爬上樓梯進入家門，卻跟賊似的，不敢踩出一點聲音，也沒開燈，一直等到女店員將鐵門啪嚓拉下，這個家與我才死裡逃生恢復生活樣態。

當夜，我寫下一個童話故事，把女店員讓我吞下的話，以文字娓娓道出：

十隻小手玩具店裡的玩偶每晚都會選擇到一個孩子的夢裡，舉行盛大的嘉年華會，使每個孩子都作過關於童話的夢……。這篇童話失蹤了幾年，壓在某個不起眼的檔案夾，後來再次尋得，引起我感傷自己已有三、四年不曾作過數學考試的夢——終究承認自己已長大？

文字在夜晚降臨，至今依然深信與樓板下的那些玩具在舉行神秘聚會有關。再也住不回里維街82號的我非常想念那段單純寫作的時光，沒有論文，沒有愛情紛擾，白天日常著，黑夜童話著。

尚・克勞德

尚・克勞德是他的名字，後面的姓是丹尼耶勒，他是我在法國認識最久的朋友。他與我爹年紀相仿，但我總感覺他是爺爺，因爲他滿頭白髮，人特別喜氣慈祥，始終一位妻子，統共四名兒女與十四個孫兒女，福祿雙全。

丹尼耶勒先生

我被一位學姊找去聚會，尚克勞德是她的中文學生之一，據他說，我報上了自己的名字過後整晚安靜，問話答不上來，聲音細小還羞澀臉紅。對照現今，他總說「那時完全像個小女孩！」我翻案抗議自己一向很有意見，剛來巴黎不到一個月，面對一屋子外國人，確定無誤的幾句法文早落得大難來時各自飛，「而且——孔子教誨我們多說多錯。」

後來再見，是他喊住我，我去報名天主教學院的免費會話課程，被叫住了沒回頭，想不到在語言學校還有與「舊識」重逢這回事，而且彼時尚不習慣我名字的法式唸法，連著兩個入聲，「沂」這字永遠飄揚不起來，「Yu-I」唸得一滑順，很近似法文「是的」——OUI。

「我見過妳幾次了，在小花園那邊逛來逛去，喊妳也沒反應，我還以爲自己記錯了……太好了！」我繼續拋個亞洲女孩典型善意微笑，對一切抱歉不知情。

他開了幾個班，我被安插在程度第二低的會話班。因爲知道一點底細，上課他總愛點我發言，立志明年一定要進入電影學校的我毫不拒絕練習機會，就這麼一一應付過楊貴妃、鞏俐、紅白條紋塑膠袋、巴黎的中國餐廳、兩岸統獨問題、漢語造字原則……。他本身是個東方迷，靠著我的低能口語與多元手語，師徒聯手將法語會話課羅致成中國文化通識課程。

「丹尼耶勒先生」、「丹尼耶勒先生」這麼喊著一段時間，兩人才熟悉起來，全得感謝一位大陸女孩找到工作。

他跟不上學姊的中文課，放棄之後靠著一些中文教材自修，口語的部分就是靠語言交換，那女孩一字一字慢慢朗誦課文，他用錄音機在旁邊錄下，簡體字的課文底下有法文翻譯，他要再不懂，女孩當場多舉幾個例子說明。我們也是循著這模式，我唸他錄，他問我答，然後他一邊糾正我的法文，有時也指導我的學校作業；等下回碰面，他就背誦課文好讓我糾正發音。

跟先前那位小老師的差別在於，我喜歡耍寶，喜歡舉例子，更喜歡反駁課文——「不！不！我們台灣不那樣的。」「這課文眞無聊，不是好文章，下回我拿本唐詩給你唸。」他學的是繁體字，簡體字雖也認識一些，仍需要我當個由簡入繁的轉換軟體。在外邊遇見生字，老人家可勤快了，會抄寫端正拿來問我，讀音、字義、用法都要知道；小時候我識字約莫也是這個情況。

「你們說『我愛你』眞的要很小心，ㄅㄆㄇ搞混了，就變成相反意思。」說的是……？正尋思當中，他翻出一本旅遊小書，幽默指導法國人去少數民族區域旅遊要謹言愼行，「我害你」三個字一出口可能會被獻祭到供桌上。

逐漸底，我們就不怎麼語言交換了，變成純粹法語教學，因爲他的中文跟不上我法文進步的速度，畢竟不是迫切需要，他學中文還是比較喜歡「畫」中國字，我這學生把中文名字三個字「譚章克」（從前中文老師根據他姓名發音所取的）寫得可整齊漂亮。

當初不知何故，頗受學生歡迎的丹尼耶勒先生會主動來找我語言交換，我從未問過原因，只記得心裡感激又歡喜，他是如此正大明亮的一個人啊。兩年下來，他錄了數十盒我的聲音，夾雜著威脅與得意的語氣說：「妳美妙若高枝上的黃雀般的聲音在我手上啊！」

不知現在還偶爾溫習不？

尚·克勞德

第一堂課就要求學生以「你」交相往還，而不是保持距離的、禮貌教養的、上下階級的「您」。我喊他丹尼耶勒先生，他反譏：「又這樣稱呼我，因爲我老？我的心可年輕！中國人不是說人生七十才開始，算算我才沒幾歲呢。」被糾正久了，我直接喊他名字尚·克勞德，順便機會教育他國情這回事：「在台灣我們絕對不會直呼長輩的姓名，豈止不禮貌，簡直大逆不道！」他攤攤手，鼓起腮幫子吹了一口氣：「我母親那個年代，我們也用稱謂，不直呼名字，現在……變啦！一切都變啦！」

我從郊區少年一類的電影、綜藝節目、八卦雜誌學來的若干詞彙，他端容正色勸道：「不要學那些！那不是法文！我們以前根本不那麼說。我有義務要告訴你們……變啦！一切都變啦！」他是虔誠的天主教徒，也虔誠底堅持法文的純度，往往指導我書寫正確法文時，會連帶談到某個字的語境——「我母親拿來當口頭禪的句子，現在可少用了。」「這字很文學，口語上不說，二十年前知識分子的書信上還找得到。」工程師退休後他花了五年的時間細讀《追憶逝水年華》（Á la recherche du temps perdu），似有意若無意攜我也墜入屬於文字的悠悠時光。

原來所服務的企業附設一間頗具規模的圖書館，一個星期有兩天歸他掌管，順帶也方便他博覽群書。我們約在教室，從學校或者家裡趕來的我總會遲到幾分鐘，進門就見尚・克勞德手持書卷，都是些名見經傳的法國作家，有時也見被遴選爲法蘭西院士的堂皇名字——當然於我完全陌生；他說起來，偉大也如同家常般可親，離不開他人本身的質樸。「在理工學院時讀過左拉（Émile Zola）的這本小說，重讀依然覺得好看。」「我想我再怎麼琢磨也不會比西蒙波娃（Simone de Beauvoir）這一段法文寫得更恰如其分。」

我欣賞莒哈絲（Marguerite Duras），我說學法文的人應該挺喜歡讀莒哈絲，因爲需要查的單字並不多，懂了自然讀得下去。他對這位盛名作家不以爲然，批評她會創造不正確的文法，誇張地使弄慣用語，絕對不是學法文的好範本。過了一兩年，剛學會上網的他就故意抄寫了一段《情人》（L'Amant）裡面的文字mail過來，再下個亮堂堂的結語——「毫無疑問，這是多麼卓越、偉大而又獨一無二的天才作家！」一棍打下來將莒哈絲跟我都修理一頓。其實那段落也不過就是少女的戲劇性戀慕告白，老先生卻無法忍受濃烈的情緒充溢在句子裡。

「復活節都做了些什麼？」

我說自己跟巴黎談戀愛，寫了一封小情書，寄給所有朋友訓練膽量，所有人都讀了，以後再寫什麼就不害怕被看見。距離只剩下一個月，在巴黎迎接千禧年這樣一樁事情，美麗得我簡直不知該怎麼負荷。文字攜帶著文字紛紛前來尋我，擾得好幾個夜晚不成眠，雀躍得難以成眠。那張親筆寫的小紙條，至今還存留著，標題就叫「與巴黎相戀」（Tomber Amoureuse avec Paris）：

找一座城市然後與她相戀
在記憶與忘卻之間我選擇書寫篩濾如水般流動的時光
似乎是徒然宿命地船過事往一切什麼都會過去
需要在時空座標中尋找印記？
讀過一篇小說起頭：對於生生滅滅的每一天佳瑋仍是個生手新手……
我喜歡這樣地像與生命乍然相見有一種鮮新的野氣
La vie est ailleurs巴黎之於我謂之「他方」
何況是獨立生活什麼瑣瑣碎碎都可以視為浪漫
同時意味著一種本事把事情想成小說把小說畫面成電影

中文是隨筆就這麼不用思索寫下來，可用法文解釋給他聽，我應該口舌繞了有半小時，用中文的思考方式照字翻譯絕對行不通，比喻、意境、移情經驗全都用上了，終究他體會不出浪漫在哪裡，更無法理解這需要什麼發表的勇氣？

那次的口譯經驗移轉成日後一篇噩夢，連綿重複了許久。我夢見巴黎頒布一道嚴峻的法令，禁止使用一切外語，所有人只能用法文書寫。夢裡面我驚惶不已，四處奔走籌辦法，一面暗自竊喜心裡的語言法律管不到，但我法文表達如此侷限，以中文所承載的幽微知覺怕是要永遠沉埋了……

對於我的噩夢，尚・克勞德毫無知悉，可再也就不用對待正常人的眼光衡估我了。一群學生邀請到他家玩，他兩位女兒特地提早趕來幫忙，我從凡爾賽宮車站出來，迷路了半小時，他開車來尋羔羊，勸慰我：「沒關係，我才跟女兒說了：『昰沂是藝術家』。」這就算概括解釋了此前其後我的種種行徑：不會算術，睡到中午，方向感差，不擅烹調，在地鐵摔倒負傷，簽名下面畫個KIKI娃娃頭，電影學校念了兩個月吵著要去阿根廷流浪，糾正了五十次（他算的）的拼字錯誤依舊會在下一次的書寫中暴露出來……

欠缺語言天分，更欠缺用功，多虧尚・克勞德主動找我語言交換，才有了天主教學院E22教室許多午後的聊天時光，我們變成交換心事的好朋友。與一般老人家不同的是，他除了有逝水年華可追憶，還有來自各國的女學生可關切哪，他愛數說一遍她們的近況，各自的性格，各自的美好。「我遲到了！遲到了整整四十年！美麗的亞洲女子啊！」

尚・克勞德之情史單調得令我生出同情，特別他還是位地道巴黎人，婚前祇交往過一位英國小女友，婚後則是專心一意的丈夫父親。有一年他們的家族旅行選擇到隔海的英國，那人身影翩然浮了上來，他在阿爾及利亞當兵時頻繁寫信給她，後來似乎也無太多情節的轉折便無疾而終……。地理距離一接近，內心還是被揪扯了一下，然而家人完全不知情，他單獨一個人面對終於接近終究又扯遠的感覺。

「跟妳說完之後，夜裡我就夢見她還是年輕時候的模樣，穿一條窄裙婀娜走著，我跟在她身後，欣賞著她練過芭蕾有些肌肉的小腿，心想：若人生只是這樣（跟這位小腿的女主人共此一生），其實也不錯！」也就是跟我往事絮絮的時刻，第一次見他眼睛泛淚，「女兒跟媽媽比較親，心事都不跟我說，她們也不知道我的這些事。」我安慰他心事對外人反而比較容易說出口，我也極少跟我爹談論自己的感情，人大約不出如此。

蛔蟲

除了小名，生平還不曾擁有外號，就尙・克勞德狠狠賜了我一個：吸血蟲！

後來的好幾年其實我們對彼此一向「吸血蟲」、「蛔蟲」這麼呼來喊去。我這不名譽的外號來自論文，因爲研究湖南江永女書；而他成爲貌似噁心實則含意深重的「蛔蟲」，也與女書緊緊相扣。

我們的相處挺卡通化，法國人不說放鴿子，說「放兔子」，他很愛糗我是放兔子專家。有段時期我的確有這個毛病，約好了一件事，只要感覺不對，就會全盤不算。特地揀他跟夫人不在家，獨對話筒裡的空氣留下誠懇獨白：「親愛的朋友，我想你會原諒一個寫小說寫到清晨五點的人跟你臨時改約，下週一好嗎？週五你連上三堂應該也很累，要是課後學生又找你提問題，其實我們工作的時間所剩不多。下週一中午我幫你準備三明治，我親手做的喔，你千萬不要多買了……嗯，就這樣，週一見！」

尙・克勞德實在好脾氣，陽光爺爺一般，從不與我計較，往往談笑間就這麼輕鬆放過我的一切人格缺陷。

進入高等社會科學院之後，再也就不敢放他兔子了，每個禮拜要見面一兩次討論課業。鄙校校風自由，「高等」兩個字意味著沒有大學部，每位學生都當你是研究者般尊重，那自然也從未要求鄙人參加考試以及繳交報告。幾堂必修課常常我自行修到藝術影廳裡，蹺不了就坐在教室裡神遊我的小說，怎麼佈局如何結構才好呢。我算是「越級」就讀——沒念過人類學，也沒拿過碩士學位，學校規定我要先念一年的DEA（博士第一階段）預備班，期末交個作業給指導教授，其實也就是我的論文雛形——這就是尙・克勞德悲傷命運的開始。

隔年正式開始寫女書論文，其實在我這並不是一個艱難繁重的工作，光是介紹女書就佔了三分之一的篇幅，祇要將現有的素材忠實翻譯即可，而對於陰性書寫、權力與書寫等等理論我也儲備了許多想法等著延伸——如果以中文去考慮這篇論文的確游刃有餘。然而當時在法語界尚未有一本專門討論女書的論文，這一切就苦了他，一篇翻過一篇，女書字字訴可憐，他常拿來比作自己的處境：

女人過去受壓迫　世間並無疼痛人

只有女書做得好　一二從頭寫分明

詩的美，近於佛的不可說，道可道，那也不足以承載百折千轉的女子心事了，寫的當時，情思已經先於文字，女詩根本不適合用手術刀去拆解，拆完了詩意也空了：

又惜家先冷成水　他日家先冷孤魂

總是我期期艾艾講述意思給他聽，佐以充足的聲情動作，不斷解釋女書的社會背景，那些江永女子創作女書的動機，他則上下枯腸求索，既不能翻得像喬治桑，也不能翻成農民起義詩。我特別強調女書的翻譯一定要表現出女性內在的幽微世界，光「幽微」兩個字，就極度苦惱著一位單純的老先生——然後他就喊我吸血蟲了——「妳就像一隻吸血蟲！寄女書來讓我傷透腦筋，吸我的血！」

對譯文的再翻譯，終究尚．克勞德跨越了語文的隔離感還是篇篇翻得漂亮，至少我的兩位指導教授受到感動了，一位是非洲學家兼紀錄片導演，一位是漢語語言學家。巴黎兩三年，對法文的敏感度多少培養了起來，雖然自己寫不出來，遇到他翻得入理又入情，我可會擊節叫好：「太棒了！你真是我肚子裡的蛔蟲！」

「那是什麼？聽起來很噁心，而且很醜。」

「中國的一句老話。我是在讚美你太聰明了！太理解吸血蟲了！」

「可好，我成一隻蛔蟲了。但請小姐您務必加上註解：我是一隻睿智的蛔蟲！」

有時我想著某個人默默底在影響自己的生命這回事。

原本博士學位完全不在我的計畫範疇內，通天下地沒思考過這個可能性，就因爲博士第一階段念得太順了，又必須繼續註冊學校好留在巴黎寫小說，骨牌效應般，重返雲南，結識阿卡，遇見女巫，接著是一次次田野調查，兩部紀錄片，竟然最終寫就了四百頁論文。

沒有蛔蟲、吸血蟲絕對不可能繼續博士論文，那也許人生走出的另一段曲折。

付錢找專業修改法文自然也存在，可我確信，即使找來大文豪都不比蛔蟲來得瞭解吸血蟲。在一路吸血的情況下，即使滿頁我貧血的法文書寫，他都能知曉我意旨所在，內心的思考路徑，連選字與修辭也盡量投其所好：「妳就愛詩意，這字可以了，夠詩意了啊！」我們會像小孩子一般鬥嘴，但從不動怒吵架。他愛跟人說：「很奇怪，我跟昱沂一星期也得見幾面，但從未吵架。罕見！太罕見了！」

閉關坐博士論文牢的一年半裡，他是我最忠實的牢友，那不可思議的連電影院都只去過一次的牢獄生涯啊。我們工作的方式是我寫好了附加電子檔寄給他，他刪改回寄給我，我們見面再討論那一圈圈的「草莓園」（他形容用紅色字刪改過的文章）。在蛔蟲治下，我練就精簡的法文，老早就被他糾正法文不要「咳」que半天，「妳以為句子一長就比較有學問？」他深受其他學生的法文所苦，訂正那些個「玄之又玄」的裝置藝術研究、法國文學、韓國建築論文，欲改無從改，因為常常不知所云，這時他就會發現我的好，摸摸我的頭說：「還是我的吸血蟲單純可愛！」

當然我的巴黎人生並不直等於論文人生，與時並進的還有我的法文書信。他笑說等我將來成名了要出賣我，我懂，他的意思是我的兩件論文不算，他還幫我改過堅定拒絕信、禮貌回絕信以及過去式告白信。如果他耐心的前後對照很容易可以察覺我的感情是怎麼一回事，比任何人都清楚，因為很多事，我祇會寫，寫了就發生了，隔著文字的距離發展我的人生。

在法國那個「沒有發生關係」等於「沒有關係」，沒有關係那就趕緊另尋一段關係的情感文化裡，老先生還眞是對東方女性情感思維見識了一番。

起初他感嘆道：「遇上妳，這男人還眞倒楣！」他所謂的這男人是名巴黎大學教授，重點不是他的知天命歲數或者已婚有女兒，對法國人而言這不成問題；這位教授找我吃飯的藉口是「想介紹中法交流協會的某某女士來翻譯我的小說」。他根本沒讀過我的書，祇聽我們共同認識的一位女教授說起過。寫作可不是我頭上的一枚鑽石髮夾，用來裝飾狩獵者的勳章——

「爲什麼他用交換的概念來思考愛情呢？」「爲什麼他既不尊重創作者也不尊重愛情？」「一個不能夠相信『純粹』這回事的人怎麼可能懂得欣賞我呢？」我用「潔癖」這個字蛔蟲不懂，我說感覺很「髒」蛔蟲也不懂，還以爲這教授不洗澡怎麼著。蛔蟲聽我念念叨叨然後又邊說邊哭便回了句：「嗯，這是個可恥的男人！我以跟他同身爲法國人爲恥！」聽他罵同胞，我才感覺好些。

雙蟲聯手回了封極其禮貌有教養而且富有十八世紀仕女風格的回絕信給這位教授。

就在他快要以爲我是女同志或者將要許身給上帝進入修道院時，終於我流露出自己的七情六慾。這輩子第一次主動喜歡人，竟然是總被我列爲「非男人」的一個外國男人。「愁到天地翻，相看不相識」了一年，當憂鬱的狀態舒緩些，決定寫信告白兼告別。

三張紙讀下來蛔蟲極爲訝異，畢竟從未聽聞過蛛絲馬跡，更讓他訝異的是這信簡直太少女了，如歌的行板，似風的輕飔，所有動詞都是過去式，充其量最濃烈的用字也不過就是

「欣賞」，教蛔蟲好生見識到什麼叫「非」法國女人。

我請蛔蟲去吃比利時淡菜順便一起改信，他質問我：「這信寫了到底要幹啥？」他的意思是要我對未來沒有期待，一封欠缺動機的信不如不寫。

「他不是我生命的那個人，我知道，所以我不打算眞正去瞭解他……如果對這個人有期待，寫信去勾引或者邀約，那等於我跟自己妥協了，愛情跟創作一樣是不容妥協的！」被我的話語繞來繞去，蛔蟲的神情轉趨嚴肅。「這信本來我可以直接寫好就寄出去，給你改，就是不要裡面有引起誤會的字眼，髒髒的就不美了。」嚴肅之外蛔蟲的表情又加深了不解。

「沒有啊，就是寫一件過去的事情給一個人，妳想想，要是有一天你收到這樣一封信不會覺得很可愛嘛。」

從此他就謔稱我爲「文學女子」。

曾經，我想像過離開巴黎之後的將來，那帶著痛的割裂感應該是來自咖啡館的香氛空氣，六月的徹夜夏至音樂節，更迭多元燦爛不完的展覽表演，晚間八點過後的ARTE電視台，新橋與藝術橋之間鏡影搖晃的塞納水岸……然而，不是——

午後的幽靜教室裡，滿頭白髮的老先生放下手中書本，嘴角邊殘留三明治麵包碎屑，揚起臉，溫煦如日沐微笑著，語調愉快昂揚：「日安！吸血蟲！」定格在我眼前，最久久不去的，正是這樣一幅流動的畫面，他坐在無數個午後問候我：

「親愛的吸血蟲……真難以想像再過十幾個小時我就會在台灣見到妳！」

是的，在闊別了七個月之後，蛔蟲即將來到吸血蟲的故鄉，由於擔心文學女子會詩意到酣暢忘我，讓他與妻子臨老還必須落難街頭，從戴高樂機場特地掛通國際長途到我手機再次強調：「台北！真難以想像啊！」

他——是我在巴黎最久的朋友，尚．克勞德。

AYS DES GRANDS CRUS...
N (Côte-d'Or)
e Musette et la façade de l'église Notre Dame
alais des Ducs de Bourgogne
ace de la Libération - La bourse du commerce
glise Saint-Michel - Le palais des Ducs de
ogne: la tour Philippe-le-Bon
taine du Bareuzai, place François Rude
rte Guillaume, place Darcy
CHATILLON S/SEINE
Production LECONTE
Editions ESTEL BLOIS
B.P. 45 - 41260 LA CHAUSSEE - SAINT - VICTOR
Imprimé en C.E.E. - Reproduction interdite
LA POSTE
Mlle KUO Yu-I
82 rue de Lévis
75017
PARIS
ALLIANCE CARTERIE
Editions Zevlaris
Photo: Savvas Zevlaris
KYΠΡΟΣ KIBRIS CYPRUS
October 4
WORLD DAY
FOR ANIMAL WELFARE
Love and Protect
the Animals
EFKOSIA
25
Mlle KUO Yu-I
82 rue de Lévis
75017 PARIS

索妮亞與皮耶諾

距離她男人的死，那已經是許多年前的事。

她抱起她的貓，輕輕撫著貓的身軀，若有人在十步以外的距離看見，會迷惑起她與她的貓，太像了，一樣帶著天真的垂老，過時的絨黑底淑女連身碎花裙，扶桑與銀杏葉紛紛錯落成毛毯似的蓋在肌膚上，糊成油畫一般濃重，難以辨識她的真實年紀。

如果我們更走近些，如果不要直接就以精神官能患者這類名目打發她，我們可以知道她名叫索妮亞，除去她渙散的瞳孔，過度蒼白的嘴唇，我們自行再多加想像一番，不難發現她擁有一張年輕時絕對稱得上秀麗端正的臉龐。

午後的陽光照不進來，三月天開著高度數的暖氣，她房間布置得十分具有博物館特色，巨大一塊神獸面具從天花板沿牆壁垂吊下來，一排灰鐵盾牌與竹箭成了屏風，還有若干工藝品如立燈、草墊、篾籃。她的男人似乎是位人類學家、海員或者導遊，主臥房完全依照男人生前的樣貌。

在這場安靜的獨幕劇當中，我的存在顯得很聒噪，基本問候之後，天氣也談過了，有種不宜打破的沉默令我不安，我黑短靴上面的雪化在地毯上，一撮米色的毛濕了便往太妃糖顏色靠近。等她抽完菸過了一會兒我才開口，免得像要避開菸味——「請問，我可以要一杯咖啡嗎？」

她起身，兩隻手膀在公主袖裡晃蕩，長裙後面的蝴蝶結繫到底了，還空出一截腰身，她的貓自顧挪開了，在這間窗簾永遠垂放的房間裡，靜悄悄地鑽在牠不為外人知的角落。她的家更多是一種空，客廳一張沙發，櫥櫃上幾本雜誌、玻璃杯、枯乾的盆栽，格局有些奇怪，進門直接就是廚房，臥房最大間，客廳偏到一旁，而且就跟她所擺放的物品一般無關緊要。

若干用過的或者破裂的針筒甩在地毯上，之前就聽導演說過，我的嗅覺不知是否就事後的先見之明起來，聞到大麻混合著鴉片，豔異的奇香飄散在空氣中。壁爐上掛著大大小小一些照片、圖畫，其中一幅是比利時畫家馬格利特（René Magritte）的「人的狀態」（La condition humaine），比原圖縮小而且髒舊了，畫架上的田野圖案與窗外的景致剛好重疊，分不出真實與圖畫的界線。在索妮亞家以外看到這類仿製畫，都不會比我此刻更明白這位「寫實的超寫實畫家」，平靜的畫面隱隱透露出詭異，覆著一層抒情的神經質，尖銳的詩意。

一直以為在現實人生中不會再遇到一雙皮耶諾的眼睛。

十三歲，我剛結束看完全套瓊瑤小說的年紀，他是法國香堤偶劇團成員，當時月亮猶未懸上燈，彷彿懸在霧淒的海面上，沒有其他人，祇我與他，祇一雙手，用十數根線綁縛著他的身體轉動關節。

皮耶諾不像一般童偶穿著彩色討喜，唧唧呱呱些白癡化的童言，他通身黑與白，白色小單袍上橫掛著三個黑毛球，眼睛挖出窟窿拉成大弧線往兩旁垂下，嘴唇也是這般坍垮，彷彿一個墜甸甸的嘆息，旁白唸著皮耶諾的終局：當他抬起頭看著那些線，意識到生命被支配的悲劇性，他頹然了……

悲傷緊咬著他的表情，沉尖尖刺進來，其中有一根線拽起他，也就牽動了我。從此，他是我的黑色小王子，靜靜游移在我意識之中，提醒我躲開那預言般的夢魘。

導演跟攝影師試鏡回來便興奮給我打電話說找到了「比那個角色更那個角色」的女人。劇情裡索妮亞走不出回憶的，像壞掉的唱片一樣卡在同一條歌，瘖啞了，還是重複那幾句。她證明了人們的某種誤解，以爲時間可以治療、沖淡、轉化一切，忘了時間也可以逆反回去，加深、勾勒、激化回憶，遙遠的灰燼成爲每一天都殷勤期盼收到的鮮麗明信片。

在「哲學家咖啡館」第一次見到索妮亞，她藍色窟窿般空洞的眼睛，使我驚嘆，皮耶諾的眼睛變了一種顏色，換上女演員的身分與我重逢。她的空洞，很滿，要溢出來的，超載了人生故事而難以負荷的那種空洞。看著你又不像在看著你，看見你又似乎已經穿過你，落到極遙遠的某一處。

索妮亞一輩子都在舞台上，據說是這樣認識她男人的。

她交給我一疊履歷介紹和照片，戲劇學校出身，得過舞台劇女演員獎，參演過不少短片和電視影集。如果不說，人們會以爲壁爐上那張相片是索妮亞的女兒，其實是她本人，她和男人沒有孩子，說起來，甚至沒有人見過她男人。如果我們早四十年遇到索妮亞，她不是現在這副模樣，一雙水藍眼珠子靈閃靈動，人字劉海順溜溜的斜向眉端，多半她往後紮根馬尾，整個人腴麗之中有些俏皮。風華正茂的她反而教我認不出來，好幾張酒會還是頒獎典禮的場面，麥色肌膚漆上濃妝，細肩帶亮片禮服貼著豐滿的身材——再就是現在了。

中間的十幾二十年哪去了？

現在人們看見的是另一個男人，一星期總有四、五天來她家，個子矮胖，樣貌忠厚，粗眉毛粗臉架黑堂堂的，手裡提著四、五個大塑膠袋，裝的都是些食物和日用品，帶給索妮亞也帶給貓，說明了他就像一間親切方便的超市。見人會招呼問好，與索妮亞相反，四處陪小心，時時留意周圍神色。幾乎是他在替索妮亞安排演出時間，但又不是她的經紀人，會到「短片之家」登記免費演出的衹可能是藝校學生或者業餘演員。

照過幾回面，男人比較放鬆，至少確認了我的善意，偶爾話起家常，我避免過多好奇但關於索妮亞的三兩事還是可以拼貼出個簡略野史，男人總說：「她就是愛演戲」、「她就是愛演戲」，很驕傲索妮亞就是這點不與人同。

「知道不，其實她很清楚，讀過劇本她跟我說這個角色好像有點瘋瘋的。」

導演一再稱許這個演員有多麼讓他省事，他幾乎放手讓她自己發揮，每場戲往往不出三個TAKE就搞定。我看到電腦螢幕上的索妮亞正在被剪接，如同角色外的她也是如此空洞又迷離，聲音若游絲，任何動作都是緩緩靜靜，甚至有些遲鈍，導演說：「妳想的形容詞太多，其實那些全是因爲吸毒的關係。」

這幢公寓大多住著巴黎單身客，鄰居誰見到都會對這名婦人留下印象，她走路極慢，每一層樓梯都踩地有聲，膝蓋直楞楞地登上去，毫不靈巧。即使住了八、九年，鄰居照面祇跟她說「日安」，不會問「如何，都好嗎？」即刻讓出過道讓她按照自己的節拍攀樓走路。而我，當然和鄰居一樣，遠遠地落在後面，看著少女裝束的她完成了動作站定於家門前，才追趕上前幫她開走道燈，家門鑰匙足以讓她掏半天。

幾次來找她，或者一起上街、搭地鐵，即使她走得抖抖顫顫，我卻無法伸出手去攙扶她——飄忽如少女的一個人。她的感知完全不是對現世的，即使再多眼光投注過來，她依然忽焉在此境，忽焉在彼端。我很喜歡她，卻覺得沒有告知的必要，因爲那不會是她在意的，她自給自足在另一個世界，我單薄的人生到不了那個世界，於是永遠不清楚她的在意是什麼。

她親她的貓，以嘴就嘴，唾液牽絲在人貓兩端，原本就畫到唇線外的口紅顯得更加涎糊，對面座位的婦人表情添上了憤懣不滿，三兩個立著的地鐵乘客訝異地望向我，似乎我就應該給公眾一個交代。我坐直了身體，區別一下站者跟坐者的勢力範圍，怕車廂擁擠會欺壓到纖弱的她，還故意理直氣壯微笑起來，用表情宣示「怎麼——親貓不行嗎？」

我想維護索妮亞的世界，就像十三歲的自己遇到皮耶諾蓄滿了悲傷的窟窿眼睛，想要改變他完全不能自主的命運。

導演跟索妮亞說我寫小說，那之後她便稱呼我爲一隻中國小鳥。我知道她看穿了中國小鳥喜歡尋找故事，她的眼睛說明了她的根本無須多說明的人生，可後來，沒有小說這回事，更多的是心疼，對她的狀態感到束手無策。她經濟狀況很差，約她的名目總說中國小鳥最近拿到什麼獎金一定要跟美麗優雅如她的女演員分享。她習慣一飲而盡濃縮苦咖啡，然後享受她的菸，一根接著一根，我幾乎從不問她什麼，尤其會繞開那神秘消失的十幾年——她男人也在那時候消失了？共處的咖啡時光中，我祇跟她叨叨絮絮聊自己，想念遠方的某個人，愛死了視聽圖書館正在放Alain Cavalier的紀錄片「相遇」（La Rencontre），奧賽美術館的偏門中午門禁很鬆，哪一家藥妝店最大方送試用品……偶爾她提出疑問，多半起因於我的法文表達不夠精準，她想確認意思而並非來自好奇。等到她抽完的半包菸快蓋滿菸灰缸，我也把她與我的兩顆方糖都放到嘴裡滋味過了，臨別前，在沒有鋪陳前言的狀況下，突然，她的臉龐轉正看我，直盯盯的，皮耶諾的窟窿復活了，兩扇眼睫毛眨著眨著，無邪又靈動——

「可以爲我寫一個劇本嗎？」

這是我第一次確定自己被索妮亞看見，眞切地，看進眼睛裡，在一個現實的時間與空間當中確認了我在她眼前——我想哭。我笑著點點頭，當下清楚自己篤定會眞心去實現這個承諾。

我的確把索妮亞放入我第一個電影劇本《地鐵七號線》，寫的是她，但不是她的故事，電話裡聽得出她很開心：「眞的？太好了！翻成法文寄來給我，我很想演妳的劇本。」那個夏天之後我開始陷入田野調查、紀錄片、博士論文，實在沒有精神將劇本翻譯成法文，半載一年過去之後，她的電話號碼不知爲何停用了，她男人的手機也衹空響著不見回覆。等我終於結束了幾年來來去去的田野工作，再度回到巴黎，我親自到她住的公寓，想把普洱茶、緬甸玉鍊、少數民族手織品等禮物送給她，信箱仍是她的名字但縫口太小塞不進去，管理員走過來說她女兒把她接走了，這房子屬於女兒的男友，兩個人分手男友要收回房子，老太太又健康不好，聽說已經被送到療養院。

我沒有再聽說過索妮亞的事，卻忘不了那雙皮耶諾的眼睛，從十三歲，一直到現在。

婆羅多舞

舞時，舞得入裡時，有神穿過身體。

在巴黎遇見印度舞，一次，身體便知道。

試過現代舞，神往於鄧肯、葛蘭姆、碧娜鮑許那種女性自主精神，起步太晚，骨頭彎折不過來。幾天日本舞踏課下來，將自己冥想成「一個拚命要站在懸崖邊的屍體」，啓發比較是在思想上。跳過兩堂肚皮舞，喜歡環肥燕瘦鈴鈴鐺鐺的氣氛，卻囿於先天秉賦，使不出那股媚勁。小時候還練過兩年民族舞蹈，一群高年級女生跳著那首「苗女嬉春」征戰各大國小舞蹈比賽，充其量衹能算是民族土風舞。

都以爲，舞，衹是我對來世的浪漫許諾。人若問起，答案端端備好了：下輩子我要當一名舞者。

每每，在觀看別人跳舞時汗水滲出，肌骨顫動，神色專凝，呼吸運氣之間顯得盪氣迴腸，我想那一定是遠比身體來得更多，舞蹈是一種精神，藉著身體來展現一種純然精神存在。討厭坊間所傳揚的種種減肥秘方，把人餓到一種貼骨的瘦，將美感窄到人云亦云的處境，毫無力量，毫無個性。我以爲最美乃舞者，私心意愛著我能擁有一副舞者的身體。

那印度裔女老師極年輕，髮辮過腰，鼻環、指戒、印度衫褲，神色顯出一種超齡的淡定。她只准學生背對鏡子，取消音樂，光以手擊當節拍器，「如此才能專心。」緩慢示範一次動作，我們照做一次，然後速度逐次加快，快到像連記都不可能記了，肢體必須自動套進一個公式裡。誰步子一亂，她便知誰閃了神，錯過一瞬便救不回來，「這是一個你必須完全專心的舞蹈。」胡吃胡睡身體又荒廢許久的我血氣不足，看似並不怎麼的動作很快將我耗盡，最後半小時我席地一旁觀看，天近晚，眾女子踏步起舞，夕色灑進教室裡，在一種梵的氛圍中輝燒起來。

舞前與舞畢，老師行禮如儀，姿態美極，儀式背後的象徵意義爲何？我不懂，光覺她指劃間已包涵了山川日月，宇宙蒼生。又去過三次，越跳牽扯出身體越多疑惑，然而我必須離開，長達數月，我確知自己也必須復返，要去完成這舞對我身體的召喚。

再就是Amala，我眞正的印度舞啓蒙老師，年歲近八十，眉眼讓人誤以爲有印度血統，其實她是巴西法國混血，從小習古典芭蕾，二十歲在瑞士養病期間偶然見到印度舞感覺殊奇，於是起心要學習，這一起心便是一輩子，她在印度習舞教舞專業表演長達三十多年，對Kathak、Odissi、Manipuri等七個主要印度舞派別皆有所涉獵。

我跟Amala所學的這一舞派行於印度南方叫Bharatanatyam——「婆羅多舞」說是世界上最古老的舞蹈。婆羅多舞集結了幾個字的意義，Bhava指情緒；Raga指音樂；Tala指節奏；Natyam指動作。但就我一個初學者而言，課堂照舊不伴音樂，甚至也不宜有情緒，必須將自己調理得乾淨簡單，全神注意Amala手裡敲擊的木樁，去完成她派下來的動作。

三世紀聖者即言明：婆羅多是獻神之舞，舞者必須謙誠無私，以舞供奉神明。舞前與舞畢，行儀敬神。伸臂、弓掌、蹲踞、觸地、翹指、拂眼、雲手、畫弧、起身合掌朝上中下三次示意；Amala要我們一絲不苟，因是對神，對舞師，對萬物表示感謝，這我才解了最初那個美麗之謎。舞者一如靈媒，解語天人之間，身體藉著舞蹈去言所有不盡言之意。

Amala說舞是世上最美事物，故以之獻神；並不要取悅誰，舞蹈是向自己內心探索，每一個動作都是由心靈所構築而成；我們其實不認識身體，當頭腦說「是」，身體卻會說「不」，是頭腦阻礙了我們；要想像頭頂之上有個提領我們的中心，任何時間身體都不能軟弱，不能傾倒不能偏離，偏離即失去平衡，失去了身體。

因年事之故，Amala衹能坐在椅子上以手簡易示範，以比喻的方式引導我們去領會每個動作，以動物、以植物、以某個事件情境，甚至引用當初她老師的解釋。每個動作都必須俐落乾淨，必須精確有力，她一眼就可以抓到誰在那裡偷偷摸摸似是而非，我最常被點名，Amala常唸我喜歡拿佛朗明哥、芭蕾舞動作來充數，喊我「小作弊者」，若是錯得太過，等她起身走過來，我可緊張了，她會使盡全力來糾正我身體的任一處，非讓我痛到刻骨銘心不可。

Amala嚴格而有脾性，在教舞的過程中常常身教延擴到言教，對若干現代印度舞舞者自行簡化動作不以為然，「細節可以任意丟棄嗎？那可就不是印度舞！」從學舞到表演的四十多年間她從未遲到過，「絕不允許讓老師或者觀眾等我！」這倒是，往往我們還在更衣室蘑菇，她已翩然坐鎮教室。她相當重視禮貌，講話衹用「您」而不用「你」，跟我們抱怨現代人教養差，連見到長輩也是「嗨！」見我在課前吃巧克力可頌麵包，她以為不好，這不是一名舞者正確對待身體的方式，食物是給予身體能量，不能貪圖甜味假象。

最初兩個月Amala的指令一下我都得跟著依蓮學步，依蓮幾乎不缺課，動作精準又漂亮。當氣溫低於五度Amala會犯氣喘病無法出門，便由依蓮代課，班上有人學得比她久，困難技術也辦得到，但就是不對，質韻不對，依蓮特有一種纖淨天女般的氣質，手勢一托起，眼波一流轉皆是由身體形於外的氣質，無法刻意強加。

依蓮與印度舞之間，似乎天生相契，而在時光的推移下，相契愈深，分不清是與生具備抑或婆羅多舞的默化移轉。初時我以爲她兼有印度血統，因她濃眉深目舉止又恬退含蓄說不盡一股東方味，其實她是純正法國人，從里昂北上到巴黎，長時苦於肩痛便想學舞治病，一舞便舞出了另外的人生想法。她的理想是到印度學舞，眞正在印度生活，短暫旅遊不吸引她，但又受不了當個上班族，衹好努力家教數學存學費。「我從未見過Amala跳舞。」依蓮這話聽得我意外，市面上滿是各種舞蹈教學影帶光碟，「Amala總說要有自己的風格，不要學生受她影響太深，所以不會提供給學生，她又很排斥將舞蹈商業化的一些行爲。」依蓮也不滿意巴黎總是那幾個舞者輪替演出，有些節目繽紛熱鬧卻馬戲團化了印度舞的深邃。與舞蹈班同學是很有趣的人際關係，跟我在學校不同，跟她們在職業場所也不同，我們都被同一種舞蹈吸引前來，話題多半圍繞著印度，一有表演定會通報相約。

瑪依是離婚的失業上班族，兒子剛進入大學，她熱愛印度文化，每年都到印度旅行，墩胖的身材常常裹著印度服飾，對於巴黎的印度料理餐廳、書店、文物商店可以閉眼畫出地圖，爲了親近印度她還去補習語言，她抱怨英語發音不規則對法國人而言太難了。

席拉是專業律師，是名完全不會講印度話、從未到過印度的純正印度後裔，她來學舞顯得名目正當。祖父那一輩因爲政治因素便舉家「逃」到歐洲，當她面對鏡子瞧見自己那張印度臉孔總感覺很陌生，沒有足夠的材料讓她相信自己的臉。

蒙塔娜可是德、法、伊朗、印度好幾國混血，她是羅浮學院（École du Louvre）的學生，選了印度文化當專業科目，即使從小學舞，她卻說一點幫助也沒有「印度舞完完全全是另一回事！」反而讓她再也不想碰現代舞，頗有些回不去的莫名感嘆。

卡洛琳來自法屬馬丁尼克島，正職是貿易公司主管，試過好幾種舞蹈，「只有印度舞，讓我覺得學不完，怎麼跳也跳不夠。」事實上她跟Amala學印度舞已經六、七年，舞看得很勤，還會記下每次表演的相關細節，她那貼滿了票根的舞蹈筆記已經寫到第三巨冊。

當她們好奇何以一個台灣女孩會來學習印度舞時，我總說不清答案，好奇，健身，喜歡Satyajit Ray的電影，讀過《微物之神》、《在印度的微光中》、《幽黯國度》；事實上當我學得越久，答案變得越繁多，越迷離，比如我無法告訴她們是因爲我想遺忘。

起初是莫以名之的召喚，身體要前往，而我的意志不敢違背，不僅初級班一堂不缺，還連著上中級班的課。身體想繼續，想推到累的極致，那時反而不是累，是種清空。有一陣子，我被憂愁偷襲著，意欲要驅趕一個影子，不讓他來尋我，我想將情感記憶的沉重化爲舞蹈的輕盈。印度舞是非得極度專心不可，不然我就迷失了，不知身何在。從來我容易閃神，見另個我遊走到眼前之外，自我分裂開來，而一旦心裡被一件事盤據更自動刪銷了其餘，如失憶症患者，執念甚深。面對印度舞不行，心屬身，身屬心，沒有一秒鐘可以跳題。Amala隨時變化動作，隨時將不同動作組合起來，唯一可以依靠她手中敲擊的木椿，我必須凝神諦聽，如聆暮鼓晨鐘。

舞著婆羅多，那抹憂愁，忽而就驅離了我的意識，我的身體，在我腳踏、手指、彎身、蹲踞間，那個他變成另一樣東西，如朗風如晰水，我感到好不清爽，一陣熱舞之後身體釋放了壅塞的情緒。婆羅多舞改寫了我原本的情感憂鬱習慣，自然不是一次藥到病除，但每回總有些什麼在身體裡轉化，從失衡的狀態拉回平衡，好讓我重新做人。

以往巴黎冬天，我習慣穿三層毛襪，圍上兩圈圍巾，戴上皮毛手套仍舊插進口袋裡。不知哪一天起，兩隻手光天化日下活動著，而我竟毫不自覺，像被婆羅多舞烘焙過似的，我的體質暖熱起來，不再從腳底凍到頭頂。我與身體共度著過往而今的所有時光，我卻不曾仔細去感受去瞭解，冷眼冷待，當身體是個無所謂的容器，臭皮架一般無思無緒，婆羅多舞讓我與身體交談起來，我們交換讀著彼此的舞蹈日記，感覺彼此在期間的轉變。不光指促進血液循環、肌肉緊實這類機能性的改善，心隨身舞，身寄心念，由身而心，由心而身，身心在舞蹈中協調，微妙合一。

婆羅多舞以長篇史詩敘事爲主，一個人可以單獨從頭跳到尾，兼是國王、皇后、獅子、惡魔、妒婦、智者、河流、飛禽……，隨著情節起床、穿衣、結婚、生子、下獄、流放、變成一棵樹、飛到九重雲天外……。這可有趣，眞是舞由心生，自由想像了，在角色與情節的轉換間動作仍必須十分流暢優雅。我終究釋懷這舞無法在家放音樂自行練習的遺憾，我所學的每一個動作眞是千用萬用的，給一奉十，什麼都由我，什麼都是我。

身體流淌於史詩之河，靈魂得以淨化，於是近神。

所有印度舞演出，台前定會放著一尊神像，那是舞蹈之神Shiva Nataraja，濕婆神（Shiva）千萬化身中最著名的形象。周身繞著火光圓輪，額頭正中那眼可以透視未來，右手執鼓，左手托火焰，另隻手代表了保護和寬恕，一腳踩著意爲「無知」的妖魔而起舞。濕婆神在印度宗教裡象徵著毀滅與重生，祂的舞是宇宙之舞，以舞創世，驅趕無知幽黯，進而超脫昇化。

古印度詩人迦比爾（Kabir, 1440-1518）：

無形象的神在祂自己的創造物眼中有千個形象。祂是純潔的、不可滅的，其形象是無限的，深不可測。祂沉醉在舞蹈的喜悅中，其舞姿曼妙，生出種種形象；當肉體與心靈被這種喜樂所觸及，就會無法自制。

而我舞時，舞得入裡時，有神穿過身體，毀敗了我，也重生了我，一種喜樂，無法自制。

巴黎前

縫隙時光

Chapter01

一如父所承諾時光，予女，無限愛。

那個我，極醜，照片裡目獃、髮稀、團臉、沒脖，又愛哭老掛著鼻涕，父一抱，淚輒止。午後我橫躺在門檻上，問這是做什麼，我說等我爸爸下班。睡著還好，要半夜醒過來，「一感覺小腿有個什麼溫溫軟軟的東西，就知道她怕黑來找爸爸了。」

這些屬於被動的記憶，召喚出的是陌生而零碎的片段聲影，祇父，先我親近這個世界前，成爲我唯一所知悉，全然感性印象之所在，由父開始我漫漫此生未可預知的旅程。

父，以女之名喚我那人，予我以骨血筋肉那人，與我魂魄靈犀相繫那人。

父對待我有分溫柔細緻，決定了我們相處的基調，些許文藝氣，脈脈抒情。我在國外念書收到他寄來一大包各式中藥，裡面細分成幾小包逐個寫著：茯苓、天麻、黨參、百合……，父的字端穩逸然，他的信更沁出一股舊式家書的氣味：「祈吾兒，來信收允……望兒珍重自身，勤加學習……」

若親暱起來我們便像卡通般憨稚傻氣，「花爹」「祈祈」「笨爸」「小寶貝」這麼喊來喊去，很少粗戾爭執，他稍微大聲或者板起臉，我定摔門痛哭一頓，等他求和示好。父女情誼，親戚間都知悉，母親總宣稱我獨就是被父給慣壞。

小學有陣子異常瘦，擔心我犯貧血，被父領到醫院檢查，醫師要抽血，父隨即拿張紙遮住我的眼睛，不教我看到，祇感覺食指似被玻璃尖扎了一下，還有父在我身後所圍繞過來的溫暖。

父若在頂樓，聽聞我下樓出門上課，他便依在圍欄邊俯身跟我招手，我仰著臉也招手回應，學生時代，無一次例外。有時我沒留意走過一大段了轉身抬頭一瞧，他還在那兒等呢——又非離家遠行，哪至於這樣臨別依依的。

中文系課後我直奔國家戲劇院，邀他聽京劇又故意「躲」在二樓包廂，見父遠遠走來顧盼自若，對別人也許他不過是芸芸眾生間一個普通男人，然而他正尋找著女兒身影，這顯得他多麼特殊，在他所尋找的女兒的眼裡。

我悄悄地近身去聽，父在陽台修理東西，一邊不知喃喃自語些什麼，似乎還言之成理，說什麼呢？他竟在背社論！若非這一問，從不知道父十幾年來有背報紙社論的習慣，奇怪是我當下的感想——該對婚姻懷著美麗想像，時間再久，也認識不完一個人，那份依然想去懂得對方更多的心思，即詩意。

從舊衣堆裡發掘可穿的資源，一條純白色尾端繞著碎花的長裙，我注意到上面有塊血漬，許久未穿怎麼會……隨手便丟到髒衣籃裡。隔兩日父親手把裙子交給我：老家有個說法，兒子的衣物要給母親洗，女兒的要父洗，才洗得掉。神色得意，像才印證了古老智慧所傳述的隱微幽秘。彼時我正修習女性主義討論到月經禁忌，聽聞了不少家庭實例，男女衣服得分開洗，女人衣服不能疊放在男人衣服之上，相較一比，我家爹爹全不走這路數。

精神分析師：所以妳無法真正獲得孤獨感，妳畫圖總要加個彩色邊框，妳連陰暗面都如此陽光，妳的童年以及青春期也許要無限延長，妳的答案，父。

深夜父敲我房門，他握著手電筒低言：樓上曇花開了。

黑暗裡，疊疊花瓣繞著芯蕊，浮香恣意，盛張怒放，一股豔到極致的清雅。與父並立賞曇花，這畫面，當下，我覺得不對了。父女這樣獨對曇花盛開的詩情時刻太美好了，太，則過分，過分則……我慌張地三格併兩格跳樓梯下去。對於任何隱喻著別離、不祥的徵兆，我總豎起神經切切要避免。

父染患肺炎住進榮總，幾日下來他是病容憔悴滿臉于思，話很少，行動變得遲緩，任我平常淘氣笑鬧也揮灑不開，一陣靜默當中，父問：下輩子還要不要當爸爸的女兒？心擰成碎片跌進悲傷，趕忙寬言勸慰，移轉話題，其實我是下好幾輩子都願意的，但我不能接答，太害怕會一語成讖，絕不教命運偷聽去。

國外這幾年，最恐懼，便是電話在奇怪的時間響起，我會在意識到鈴聲的同時陷入驚恐，那意味著有急事通知，意味著刻不容緩，意味著我將面臨內心最害怕的一種失去。我想像過無數次了，也故意用想像來減消當這件遲早都會發生的事來到眼前時所攜來的至慟。深心底暗暗耍機巧，既然我總想到了，那麼便不發生吧。

行於漆黑之低谷，行於迷途之荒徑，行於荊棘之險弄，恐懼終將消失，我知我非單獨行於人世，因父在側。

客廳透著光，父母在商量，出於一層奇怪心理，我故意下床經過他們面前，這舉止在提示我知道了，似乎這麼做就可以打斷任何正在發生中的家庭變故。從未見他們吵架，父一向沉默面對妻子的拗脾性，即當此際也一切平常，外婆打電話來哭勸過，父卻無怨意，數落母親的話更是一句也無。我疼惜父，中學年歲更直言過他娶錯了人，不單由於這事，更且母親無法參與他文學上的精神世界，眼見那世界恐怕荒蕪，父慶幸培植了我這個小園丁。

經歷些許世事之後，我公允看待她當年不過是要尋找母親、妻子以外的角色，然而我敬重父，敬重他在情感脆弱面所折射出的人格，母親說其實當年他寫了封長信：如果那是妳要的幸福，妳就去追求，我會好好照顧孩子。

若非父，我將非我是完完全全另一人。

十九歲與父回湖南探親，常聽他細數老家點滴，於我那裡便揉合了時光塵埋下的鮮新與熟悉。猶記他抱我在膝上唸著：曾飲思源情怯怯，何時再歸看洞庭，小小的我知道書上那墨色山水的地方，即父的所來處。

父晚婚，又居么子，跟大伯差了十數歲，因而我的輩分排起來是姑姑。他每日接見來訪的遠近大小親戚、大小官員，我則是忙著遊賞嬉玩與尋訪人物，地生又聽不懂土話，都由二姪陪著，夜晚父女再熱烈交換情報，扯扯人事閒篇。二姪彷彿自我脫離尼姑班級以來首位要好男性朋友，父說要注意喔，妳是姑姑。那語氣是淡淡提醒，充滿著商量，望我留點心。

彼時我對男女之事懵沌無知，二姪長我六歲尚未婚娶，又彼此初見挺難在心態上完全視我爲長輩，帶著「異文化」氣質的青春女性對他也許造成吸引。自來溝通一些比較敏感問題，父都是如此，含蓄溫和，點到輒止，不強加他的想法要我實踐，充滿父一貫的行事態度。其後不見他爲難二姪，亦不使我難堪，提醒過一回事情便罷。可我初次觸及「女兒長大了」，父一番微妙心情。

幾年後，我在國外眞正談了場初戀，爲此傷心耗神，由初至尾說予父聽。深夜裡聽他來來回回步著，他無眠，我亦不成眠。一雙剔青琉璃般的瞳子泛著微紅，映著父的心情，好不安揪心。他接續和緩地敘說看法，用並不世故的角度分析這是樁不適合我的感情，言辭中並無代我決定的意思。過後父從無再問起，我連交代下文都可免，是他一向對我的尊重與信任，讓我更愼重自己。

我幾乎沒什麼「家教」，自來父由著我，小從坐姿吃相大到婦德禮教，幾少承蒙過家嚴庭訓。我們交流著一種毋須言說的信任，在我所有選擇的後面他從未眉批個「不」字，雖也曾擔憂女兒給「寵」到往壞裡去，也曾慨嘆：我這一生對我這小女兒眞是義無反顧！暗裡他早不知已回收了多少信任，我對自己所言所行總會顧慮到父的感受。

我不容易戀愛，朋友歸結原因在於我期待一個如父般爲我承擔一切的男人。我以爲父愛是唯一的，無可比，更毋須比，戀父情結這說法好用到濫用。我拒絕從另一個男人身上尋索父的影子，然而父所庇蔭之下，我知曉愛之一字可以到達的最純美最寬闊之境，自然不肯低就，若說理想化了然而我不清楚何以需要妥協愛情。

如果以顏色比喻，媽媽和我各是什麼顏色？

媽媽是紫色，妳是白色。

白，一點不意外，父親這麼想我，甚至早在我出世前。

同袍霍濟民是山東濟南人，童年夏天他總會住到沂水邊奶奶家，鄰居孩子調皮捕了一隻大白鳥關在籠子裡，大家輪流供食逗著玩，卻有另一隻大白鳥不離不棄，每年固定時節都來看望，村裡長輩要孩子們把鳥給放了，說這是對夫妻鳥。

聽完故事的是夜父夢見老家江邊村有個女孩子落水了，一身素白衣裙，村人全趕過來搭救，奶奶還好心地收留那女孩……

熹微清晨，產房外，不意間他想起這段湮遠往事，那對夫妻鳥的故事，那則白衣少女的夢，他直覺妻子即將生下的是名女兒，她的名字該有個「沂」字，在生命未可知的漫漫時光中，他是她的父，他承諾時光，要給予女兒無限的愛。

兩公分

姊姊比我高兩公分，很後來，我才意識到自己從未承認。

這「從未」在於我以爲兩公分是可變動的，總迴避著那個丈量起來距離很短，一旦長成便礙難改變的生理構造。根本我虛僞，不夠善良，認爲自己各方面均優於姊姊，連兩公分都不會輸。

姊妹倆的鞋很好認，她的寬平舒適宜走宜跑，我的細緻刁鑽，鞋跟一律從兩公分起跳。即使在家同照鏡子，拖鞋厚度、立姿、髮型都可任憑我「虛構」兩公分，塡塡補補，似乎眞就不差姊姊什麼了。照說來，似乎我跟我姊一路處於同行相忌，我小氣到連兩公分都計較，實情不然，我們之間少有劇烈或者一路下去的爭執，構不成任何特殊心結。

另個角度而言，在我身心人格發展中，我從未確認了自己已經長成，不會再更改的事實，而姊姊助長了我的那份晚熟。

姊姊是個小小可人兒，鄰居伯伯會準時等在自家門口看幼稚園下課的她撐把小洋傘走過；她總是衣潔髮整，甜笑可掬，而我則面目髒污，衣衫歪斜，肥撐撐不見脖子；她是顆小草莓，我是顆蠢冬瓜。這些我全無記憶，唯一能佐證的就是照片，但這是照片創造的記憶，是親友口述的記憶，這種落差在漫長的後來時光反而更讓她屈居下風，大家見到我總是一陣驚嘆——小時候太醜了，後來祇要還算清秀就足以導正印象令人驚豔，她則相反，見到長成的她總一陣尷尬的沉默。

幼時長相是一回事，舍姊行徑可並不斯文保守，小女俠一個。我是那種愛穿粉紅色、學鋼琴、梳著公主頭，和小朋友一起玩不能挨碰又不認輸的討厭鬼，我姊護我，猛悍地推了鄰居女生一把：「妳幹嘛！她是我妹！」對方眼圈泛紅，她們原是同班好友。一回不知什麼事，我們跪在地上，我爸很難得的舉起了棍子，我姊淒厲哭著：「要打打我好了，別打妹妹！」眼前戲劇化的一幕使我爸愣住了，我沒挨棍，她也沒挨上打。

低年級下午不上課，我媽有事，要我到姊姊班上待著再一起放學。才跟同學玩到跌泥巴裡，白襯衫髒了，裡面祇有件厚衛生衣，洗淡了的紅色長袖，前面畫著無敵鐵金剛，如此配一條藍色百褶十字裙走進陌生的教室，特別能感覺到這個午後又陰又雨。隱約期待著自己的客人身分能得到好奇或者關懷，幾個男生議論：「她妹妹好白，白得像殭屍⋯⋯」吵姊姊說自己冷，冬天制服外面是件藍色尼龍夾克，我姊脫給我穿，一下子尊嚴跟溫暖都回來了。姊跟我一起牽手回家，可好，鐵道那一條路回家比較快，但有一截鐵道下面懸空，萬一走到那一段，附近的雞又出現，我一定又給嚇得雞飛狗跳。

我爸最疼我，我媽公允些，但我姊總不是最被看見的那個孩子，我從小就會撒嬌，會背詩，會寫作文，會自己綁花花辮子。我姊老實，手長腳長，小學讀手球班，高中是儀隊班，其餘蓋無特殊表現，我媽老喊她傻大姊。上國中前，她已經長到一六二公分，腿很筆直修長，一張鵝蛋臉，清碧額頭尖下巴，我們常被打扮成姊妹裝，我才剛長得齊整些，我姊已神采顧盼，亭亭玉立。

姊踏入了青春期，莫名其妙也助瀾我進入文學少女時期；那時不會想到，我們從此就劃開了心理的距離，沿著心走下去，一路是再也不可回復的她，以及我。

她租了好多瓊瑤，加上一堆類似的情愛羅曼史，國小的我讀得勤快，讀不懂問姊姊什麼是處女？自我感覺與眾不同了，急著到百貨公司買日記本，課堂上構思小說標題、女主角名字，三兩個喜歡我的男同學也能墜我於情感的迷惘深淵。上了國中繼續飄忽不實，「正」書讀得菜，古典小說、現代小說、翻譯小說當教科書似的啃，還獨自跑電影院看藝術電影，眞善美戲院紅色的簾幕一拉開，彷彿自己便置身在藝術之莊嚴堂皇中。有部限制級韓國片「替身」，髮禁剛解除，我留到肩膀，穿一身姊姊的黑衣黑褲黑長外套，售票小姐沒請我掏出身分證核對。

姊被我視爲非同道中人，跟我不是一個世界的。我往整牆書架上一抽，總是抽些有情節、調性軟的書給她，暗自嫌她對文藝不夠穎悟，沒有深度，我們之間引不起共鳴，似乎她也不再特別讀什麼純文學。姊活得很實在，讀書時就開始打工，跟社會接觸得早，戀愛也談得早，週末假日她也是山山海海不見人影。姊往外走，我向內裡去，眞實生活經驗稀薄，容易從文學電影裡取材成爲思考憑藉。

出國念書，劃開了地理的距離，生生地，我必須要解決艱難，那艱難時刻在提醒我，我獨一人，再不是誰誰家的女兒誰誰家的妹妹，也對比出那些在家的日子自己有多麼受寵護。人懂事了些，才逐漸知覺到我們是姊妹，才有能力去感受這個事實，遺失在時間當中的細節，前此我總平白疏淡，有心沒心的，穿過距離，一切又再度値得解析起來。

那回聽來她很樂，「妹——我已經取代妳了！」我爸在陽台回過頭來一時口誤喊她「寶貝啊……」她的快樂感染了我，也感傷了我，妹妹作爲父親的寶貝這件事，可見她一直是在意的。她以前喜歡啃拇指，初戀男友譏她缺乏父愛，她跟我說起，當下就讓我覺得「理虧」。這些可見她人厚道，從未聽她跟家人抱怨過，習慣把這類不平的情緒藏起來。我的情感表現大多形而上，就在自己空靈世界裡構築著我與家人的點滴在心，若不和，反正我來去匆匆沒有什麼到不可忍耐的地步，我姊孝順，父母生日、重要節慶，她從來周到禮數，行事考慮的也多半繞著家庭。

朋友寫email給我：照片上笑起來如此甜美的女生一定會很幸福！她到我姊辦公室處理事情，我姊竟然贈送我的照片當禮物，我有點好氣好笑。人家才一到就被問：「我跟我妹像嗎？——不像喔！」似乎她先招認錯誤放低姿態，免去朋友還要在心底失望。

姊跟我說，我媽抱怨我不應該挑剔自己：「我已經把她生得不錯了！還嫌啊！」語畢轉頭看看大女兒：「妳不會怪媽媽吧？」姊正經講起：「媽媽怎麼可以這麼說！」氣鼓鼓的模樣認眞又好笑。我姊就是善良，不將心眼藏在邊邊角角。好幾年後，才知道她有一本專門蒐集我在國外的照片冊，該是影像中人給予她一個美好的想像，她有個妹妹長髮、斯文、在歐洲讀書，那些照片當然是經挑選之後的尚稱悅目的瞬間巧合，她倒願意一遍遍溫習我最美好的可能性。猜她自認生命無可如何了，大致不出一個範圍這麼過下去，照片裡的我，她的妹妹，不同。

那年，少有的，在夏天回到了台灣，我準備要洗第二趟澡，我姊怎麼就是要進來，我一向不習慣在其他人面前更衣，更何況……，這是個人習慣問題，與害羞無關，她藉口尿急非得闖進來不可，我衹好讓出我的習慣。她側著頭瞥了幾眼我的身體。隔天，我聽見她跟好友講電話：「我妹在國外念書，沒跟人亂來，我一看就知道。」我錯愕至極，左思右想然後再上網確認了一下她到底在偵察什麼……乳暈的顏色？那些根本就毫無依據胡扯瞎說一通，我還順便知道了眉毛、鼻子、嘴唇——體質人類學理論叢書絕沒有這一章節！那年我已經二十多歲了，她要防什麼呢？

我幾乎很少提自己的情感狀況，討厭被問起，因爲多半時間無啥可說。祇她這觀念徹底頑劣八股，竟然敢將八股觀念加諸我身上，念書經年行路無數的我備有足夠的東方西方理論基礎可以駁倒她，受到法式文化感染，我堅持保護隱私是一種基本人權。理論再開通再精闢再政治正確，當下那幾刻，我完全感到乏力，無從言語，對她而言，我不過就是她妹妹，一個她會喊「娃——兒」的妹妹，不需要理論，祇需要確認我的言行純正讓她自己安心即可。

也許在她眼中，我的生命比較昂揚而綺夢，她自己必須在地面上踏實，倒是願意我繼續能夠飛在雲端，她總得保護著不讓現實教壞了我。

小時候會搶衣服會吼幾聲會扯幾下頭髮，大了雖不氣味投合，頂多就高音頻嗆幾句然後掛對方電話，深度溝通未必見得需要，事情過了即過了，我滿腔文學語彙對她又用不上，姊妹似乎就這回事。回台度假，朋友陪著到我姊家，見我指指點點要這要那，不時還酸幾句她的奢侈與品味不足，最後提了好幾包「不戰」利品微笑返家，朋友一旁嘆爲觀止說沒見過這麼願打願挨的姊妹關係。

姊姊不就該疼妹妹？她給予，我求索，原來這不是天經地義的姊妹關係。

她從我保送大學那年莫名考取一個十萬塊獎學金，就抱怨起怎麼她得拚命工作，我就衹需要隨便撇兩個字。出了國之後更讓她有機會不平：「我每天晚上加班，累得跟狗一樣，我妹可以到阿根廷旅行，那種我一輩子連想都想不到的地方！」

我繼續在自己的電影、文學世界裡憂喜縈迴，覺得屬於她的不過衹是一種生活，我不肯好好生活，喜歡想得比生活渺遠，去試探生命的可能性，將「我」放大，要事事有主見有意見。她無法瞭解我念到博士到底在讀啥，我也不明白憨傻的她怎能擔任管理階級，我們對彼此的專業領域隔行隔山。

兩人興趣走不到一處，她狠狠啃完三冊《魔戒》，再興致盎然爲我放映她已熟到會背的電影DVD，聽著她的劇情輔助說明，我單覺眼前晃來一陣琳瑯古怪，十分鐘內歪倒在沙發上睡死去。她家常可見最新八卦週刊、商品購物指南、流行時新鞋包、減肥養生美容中西產品，我則一直是國外念書的窮學生。幾次國際長途姊託我買LV，我那左窮立場立刻聲明不行如此俗鄙之事。

約我一起聚會，她先跟同事說：「妳們等會就要見到我妹，她沒工作過，連麥當勞都沒站過，等下問出什麼奇怪的問題，千萬、千萬不要意外。」約莫從這類間接的方式才讓我輪廓出自己在她心中的輪廓。其實她喜歡帶著我亮相，帶著她心中一個妹妹的形象，清新一下都會上班族的耳目。

事務上，我要清楚確定，她對於事務則採取主觀化的片面記憶，還特別拙於事前確認，我深不以爲然，恨她踩我的處事原則，逼我喪失了風雅氣度，然後她再故作嬌憨狀跟我好聲勸慰，就好似太陽底下不該有值得動怒的事一般。有時眞覺她是可笑好玩的，愛說無聊話，愛學小兒語，愛三姑六婆，她的脾氣屬於狂風掃過，落葉無痕，我則潔癖重、心眼多，自尊心強。眞的很難準備好詩意的情緒，好顏好色柔言細語對待她，三五分鐘可以，長了，我就假面不下去，除非她不在我眼前，跟我無事掛鉤，我才能心底數數她的好，來感懷一下。

曾經，她在情感上受到很大傷害，一次然後又一次，我才深深心痛，覺得我的不在場害了她，我可要比她清醒又聰明多了。如果我們姊妹站在一起，誰都以爲一定是我經歷較多風花雪月，我看起來純、好騙、比她嬌弱，實情不然，我是善於保護並且總要清楚自己，談戀愛從來沒有不清明過，那種不清明到對自己不誠實的地步，絕對沒有。她戀愛開始得早，追求者不斷，戀愛也就不經常中斷。我們都覺得對方很笨，事實證明，她比較笨，任著感情將自己的世界弄得糊糊亂亂，又開脫不出若干死觀念，我則又惱又氣，覺得自己若知情若在場眞可以救她無數回了。

她迷信又愛聽信人言，常會把事理顚倒過來理解——執象而求，咫尺千里，命運一事，不都是誰一步一步選擇出來的？

生完孩子的她足足脹了四分之一體積，既脹之則難退之，在日本機場被海關要求進一步查驗，以防她懷有身孕預備在日本境內待產。在對姊姊的概念更「寬闊」於從前之時，不意間見到她的舊照片，半刻鐘，杵在照片前，我見照片裡的青春女性長髮披肩，神色憨羞，好似就有那麼美好的事值得她這麼美好的笑著……我竟如臨前朝遺事，概念裡，我姊姊並不是這樣的，比我高兩公分、胖十公斤、雀斑比我多、氣質比我平凡，除了小時候，她不該如此清麗過啊！

要說唯物傾向，我的便是「舊照片癖」了，此時此刻拍下某張照片絕不是爲了明天、下禮拜、三個月，是爲了流年漫漫之後，讓我自己審視並且意會到時間這回事。這物像化的時光之癖，某個當下奔馳而來，使我徹底覺悟到自己的兩公分情結。

青春期以後，她應該就不纖細甜美了，二十多年來一直處在跟體重奮鬥的狀態。姊姊在我腦中的形象一向都是此後的。選擇性要遺失她那些甜美修長時期？若遺忘已成慣性，我自也遺忘了最初的刻意遺忘。她的其實美麗，被我將自己放在高度的位置給低估到視而不見，她的妹妹過度用文學想像解釋了自己的視界，而就這麼將她排除在外，許久，許久。

感懷了一番前朝遺事之後，拉她站到鏡子前，兩公分差距竟不存在啊！她減一公分我多了一公分？鏡子不會說謊，也沒必要對這根本不重要的事實說謊。怎麼我要繞了好些時光，才能正視鏡像外眞實的她與眞實的我，兩公分說來輕微，丈量起來可以成爲最大距離的似是而非，我就如此徹底不留心。

小說底下的形色人物，我用文字縝密編織，細細處理，但面對我的姊姊，每每令我嘆息，她的過於簡單令我難以理解，我其實又缺乏美好的耐心去深掘這名與我同生同源的角色。彼此就是在生活的介面上，呼來喊去，笑來叫去，氣來惱去，祇現在與我同高的姊姊，被妹妹確切放在眼前，會繼續下去我們是姊妹的事實，很不文學，但卻比文學眞實的關係。

衣事

A la recherche du temps avant et après Paris

「我向來記得是穿哪一件衣服去買另一件衣服。」我們剛從只開放給同業的名牌拍賣戰場廝殺完，他會記得搶得戰利品Vivienne Westwood時穿著一身Comme Des Garçons。坐在對面，我用眼神估量著咖啡館來往人流，應道：「我會記得和衣服相關的情節，誰送我、在哪買、當天的心情、天氣一些什麼的。」

衣服若繩，記流光年華二三事。

姊姊打開我的衣櫃，眞誠嘆息著：「衣服那麼多有什麼用，全是些窗簾布。」窗簾布指的是國中以來我的「非時裝」蒐集癖：清褂、大襟、手染、湘繡、唐裝、盤扣、水袖、亞麻、元寶領、湘雲紗、千山綢、印度棉織。即使還穿不上，留著預備到大學發揮我的穿衣理想，時常撫著一襲襲異時光的衣衫，想見自己未來的幸福。

似乎我家親戚都有些稱奇，所以遇著稍有些類似樣子的，就會買來送我，彷彿拾獲了應該物歸原主，非時裝的陣勢於是日漸龐大。幸運保送上大學母親立刻獎勵一份寬厚「大」禮——衣櫃，頂天立地佔據整面牆，藉以舒緩女兒的迫切需要；饒是如此，家中其他房間仍掛有我的歷歷「衣史」。

大一修中國現代小說，從魯迅講到張大春，《傷逝》、《春桃》、《邊城》、《駱駝祥子》、《傾城之戀》……，每回上課我應情應景地根據時代與小說內容著裝，終於不枉積存了多年的好衣裳。向來祇顧著填滿自己的意願，而沒岔開去考慮別人的觀感。來去校園裡，有人誇張地從腳踏車上摔下來示意我太誇張；法律系男生聞訊穿一襲長袍來旁聽，說是要看「珍奇動物」；系上同學私下稱奇外，佩服我敢穿出中文系正字標記。

高衩旗袍裡一條直統牛仔褲，陰丹士林斜襟上衣配黑色百褶裙，刺繡清褂下繫著燈籠舞蹈褲。母親看不過去：「我希望我的女兒穿得正常點，不要像個演話劇的！」父親意見不同：「穿古裝，很好啊。」多年後仍有朋友拿古裝掌故取笑，判父親不是元兇也是個幫兇。

那時期也喜穿一身的白，全素棉質寬衣長裙，及腰直髮任由飄盪，掛著長墜古銀嵌玉耳環，撐把竹骨紗質傘遮陽，著雙西門町「小花園」緞面繡花鞋，出落得一身聊齋意態，無聲無息打江南走過，製造出不太美麗的錯誤。黃昏的椰林大道，週末午後的總圖，夜色當空的醉月湖，皆有友人相約前來不識我眞貌，以爲是日據時代的寃魂縈迴不去，考慮是否要拔腿開溜。彼時習慣大清早到學校，想來最先被嚇到的是公車司機。

傷離悲落，感時遣愁，晨起採蓮，暮歸踏月，每天理弄不完小愁小緒，不需要觀眾捧場，只要「隨身攜帶著袖珍戲劇」雲梭來去，獨自憑弔無可如何之芳華旖旎。將一件件不合時宜的衣裳往自己身上鋪陳，執意駐留於古時光，罹患了文藝少女安逸憂鬱症，輕略過平常生活，錯失無數當下事眼前物，腳不沾地煙火不食，將所有的氣力都伸張在穿衣這件事，那是我對世界唯一的言語。

巴黎，記我衣之身世又一則。

初夏抵臨此城，特意不帶地圖，腳步任意，踏在新土地上感到一種難言的放心與自在，這就是我一直尋找要與之戀愛的城市，好像這才與生命乍然相見，帶著鮮新的野氣，對一切躍躍欲試。

宿舍室友Vienne是名香港女孩，主動敲我房門結識，話題五分鐘內立刻扯到服裝，她總結出這一年遊學時尚之都的心得，很義氣地領我去朝聖。宿舍鄰靠著阿蕾西亞路（Rue d'Alésia），一條專賣Stock的名街。「怎麼能不買呢，簡直是送的，這牌子在香港多貴啊！」我在她身旁學著端詳「贈品」，她不時還拿出香港版ELLE、VOGUE、Marie Claire參考價格，詢問店員不見上架的款式。

可論斤把贈品撿回家，會不會也挺煩累？「衣服就是要夠多，出門才不花時間，隨便都配得好，缺這少那的，怎麼試都不滿意，那才浪費時間。」她還引述祖母定下的家規：「用的、吃的可以不好，但一定要穿得好走出門。」平時她就愛把衣服翻出來擺滿一床，隨意搭配，搭出心儀的便畫在小筆記本，還用色筆著色；走在街上見別人有不錯的點子，也隨手記下來，對服裝眞可謂有心人。

她恨恨地描述起男友的疑似背叛。聖誕節前夕要她一起到機場接個日本朋友，是他在東京旅行時結識的，兩人通過幾封明明白白的信。「這沒什麼，他不是都對妳坦白了，還找妳一起去接機。」「事情肯定不單純，不然人家怎麼會老遠來香港找他過聖誕節呢？」而且更曖昧的是，「那日本女人竟然穿條紅裙子！」

她認爲女人一定要擦香水，遞給我一整籃小管香水試用品，「他後來告訴我，剛認識那天已不太記得我的樣子，回家卻一直聞到我的香水味。」巴黎香水店一般都會在門口放置新產品供人試用，我們上學經過時也按它兩按一新心情，地鐵有時空氣不好，便將手的脈搏貼近鼻子。當我穿上由她敲邊鼓買下的第一襲細肩帶連身短紗裙，Vienne便將香水瓶對著上方噴幾下，推我站過去，讓空氣中的香氛，落在我整個人身上，登時，彷彿罩下來另一件透明衣裳。

巴黎靈驗在我身上，從衣裳開始作用。我漸漸脫下過去，那些披過來覆過去，遮遮掩掩，拖沓累贅，刻意模糊曲線的非時裝。似染患般開始喜歡透明、輕紗、雪紡、薄絲材質，一些貼身、意與無意間很女人的設計。不僅止於表面風格，由型變引發質變，往更內在延伸——

我看見過往那個小女孩，穿著沒有鋼絲、襯墊、鏤花、故意小一號尺寸的純白色內衣，覺得這樣緊縛著比較「秀氣」，由是古裝後面一直埋藏著被壓抑的胸線，她不敢眞正面對自己的身體，也對外面的世界失措。身體這一關，扭揑不自在許久，終於在巴黎深深吸口氣躍了過去，坦然接受原來身線，穿衣時更大方延攬巴黎具陰性特質、透明感的特色。

挺欣賞電影學校女同學Pauline，任何衣飾怎麼搭配都直是理所當然，一點不虛張聲勢，和她本身連成一氣，自然到沒有皮膚和衣服的界線，那整個爲她所獨有的。大清早她站在中庭拿咖啡和菸當早餐，秋香色薄毛衣外搭紅毛線外套頸間箍條黑棉長巾，顏色並不新鮮還有些蹭出毛球，冷天仍一條淺駱駝色低腰露臍牛仔褲，毫不介意小腹明顯突出，我遺忘了所有關於時尚的常識，只覺衣物跟她的人她的氣味聯成押韻關係，如果是刻意過的隨意，那只能算作險韻，Pauline押的是韻外餘波，裊裊不絕。

有人以對服裝的輕疏，表示他對更形而上事物的注重，然而我卻從其中獲得很大的樂趣。因爲是有點閒錢但不太多的消費階層，完全沒有只穿名牌的潔癖，以爲搭配衣服是個人於己身可以實現的小規模創作，可以照潮流拷貝，人云亦云；可以無政府主義，顛覆解構；可爲悅己者容，或單爲悅己容；懶時抓到衣服就穿三分鐘著裝完畢，也痛快。

最得意的是把一些原本不屬於我，或者覺得買錯、過時、不實穿的衣服，適切組合出新意，安排一件衣服等待某一個對的時刻，找到另一件衣服。喜歡刻意配搭出低調的豔異，沖犯的協調，含蓄的逾越。詩人云衣服是「一種令人發瘋的人生條件」，換成瓊瑤的台詞：這折磨人的小東西！憑藉衣物，於方寸之間發表自我美學意見，製造內在寂靜的驚心動魄。

一向有潛到別人的衣櫃裡的欲望，總以爲自己的意見一定夠特出，不會怠慢任何一件素材。巴黎北邊Porte de Clignancourt跳蚤市場有一區便像是龐大的時裝博物館，聞得到時間的氣味。六、七〇年代懸在排排衣架上，一大片舊衣地域使時光遲了、褪了，埋頭在歷史衣堆裡，翻找千年灰塵下的新鮮玩意，享受個人專屬的私密愉悅，更確定舊瓶新酒穿出來僅此一家。

位在市中心過去是中央蔬果市場的Forum des Halles，四樓有一排年輕創作者（Jeunes Créateurs）專賣店，許多在巴黎等待成名的時裝設計師，會先在這裡合租店面搶灘，試探一下市場反應。奇奇怪怪的式樣，彆彆扭扭的剪裁，常需要研究老半天該怎麼穿，袖管和褲管牽牽絆絆，跑出來的線頭到底是特色還是瑕疵？這區設計師衣櫃富含實驗精神，開啓它著實需要驚世勇氣與解讀密碼。

女人談起某時在某店撿到某個便宜，可比對上彩券號碼，欣喜若狂，但巴黎冬夏季折扣的首日，我絕對不進任何服裝店，衹想到一句歌詞：「女人何苦爲難女人！」衣服翻攪成爛菜堆，排在試衣間門口的隊伍可以繞過半間店面。曾被找去離巴黎三個小時車程專賣過季名牌的小城鎮Troyes，平時高高在上的品牌，突然矮了半截跟你親切打招呼，如同遇到久違的老朋友，怎有勇氣冷漠相對。

見人渾身名牌不過都是些保守的基本款，買這牌子和另一牌子沒啥差別，心裡就可惜著，如果置裝費拿給我花，腦中好一些乾等在那絕買不起的設計師品牌，一定會花得精彩又充實呢。我很怕遇見從時尚店走出來的某類日本女人，左右手挽著大包小包，羽剪髮型染成金黃，青蛙腿尖頭細跟鞋，全身皆蓋滿辨識度極高的大名牌，服裝、配件、鞋子、化妝面面俱到而顯得用力太過，彷如從時裝雜誌走出來的拙劣剪貼。就觀者言之單覺得——滿，不是滿足的滿，是很累的那種滿。

紀德：「請想像白色是一種絕對純粹的什麼，在其中顏色不存在，只有亮光；相反地，黑色充滿了顏色，以至於變暗。」那種暗可與世界保持安全距離，大塊蓋住一切的是是非非，自身塗改不及的遺憾。黑是我的主色，懶惰色，都會制服色，永恆的潮流女王色。據說除黑以外，其他顏色川久保玲都覺得髒。女畫家Frida Kahlo卻說沒有什麼是黑的，真的沒有；我更喜歡她對「鈷藍」的註解——電、純淨與愛。我的副色則是些中間色，綠不綠、藍不藍，色彩無限混淆融合，像是把顏色穿到很髒舊程度，難以直接定義。

造反是身體的基本人權，偶爾會擺脫安全的黑與中間色，濃烈的賦比興一番；或者一身素，配件卻來個螢光亮色反高潮。龐畢度中心除了外觀五顏六色的鷹架，裡面的國立現代美術館更像個顏料廠，各個畫派就是不同時期的調色盤，野獸派、點描派、立體派、超寫實等，顏色攜著顏色從視覺的象限擴大到意識的象限，使我震動，內在有個說不出的什麼就此坍方了。註冊有專利的Yves Klein藍，整個畫版用一個單色塡滿，聯想到賈曼（Jarman）最後一部電影「藍」，強迫觀者關在單色視界，屛息面對人生最後要說的話，一個顏色。

中心旁邊史特拉汶斯基廣場的彩色噴泉，水上兒童樂園似，大紅大綠不停轉動著，鮮明快樂，我以爲創作者Niki是用顏色來抵抗遭受性侵害的童年記憶。延伸到不遠的瑪黑區，一家家插著彩虹旗的同志酒吧，在那裡常可以欣賞到舞台趣味的穿著。相較之下，一般巴黎人穿衣像罹患顏色壓抑症，尤其到冬天一片鴿灰烏鴉黑，雖則我同意有些顏色是看得穿不得，齊套上更會像老祖母的棉被套。

秋天渡到濃醉時分，注視著攀挪於枝幹間的樹葉，視覺神經像被一排高壓電穿過，驚心驚豔，那顏色起承轉合，參差紛呈，畢竟沒有一片葉子是另一片葉子的「全選」與「複製」，怎麼翻譯那些顏色呢？「潤紅、指甲紅、淡桃紅、淡罌粟紅、蘋果紅、頰紅、炙鐵紅、草莓紅、桂紅、榴花紅、烹蝦紅、胭脂紅、蟹螯紅、熟橙紅……」目光窮追著葉色，帶著終難全的感傷，色彩像除不盡的循環小數，層出無窮。大學旁聽外文系一門小說課，教授解釋爲什麼作者用「蔬菜綠」就花掉一堂課三小時。

到Musée de l'Orangerie（橘園美術館）看完莫內「睡蓮」畫作系列，視覺暫留了好一陣子，後來親至Giverny欣賞畫筆下的眞實花園，仍無法從那樣的迷離恍醉中康復。走街逛櫥窗時，眼光專意落在可以與之聯想、氛圍神似的衣飾上，想轉拓出那些神啓之天光水影，幻魅過的色圖，琉璃藍、嫣酡紅、水蔥綠、薰衣紫。行動移步間展示著印象畫派，那始終是我尚未完成的綺想。

留學巴黎四年以後，我的衣服多到必須在運回台灣與買一個新衣櫃之間做抉擇，尤其每回換季整理起來不免生起生命無望之感，衣服過多實在累人，吃撐傷胃口，役於物使得快樂也並不那麼快樂了。古巴電影「口哨人生」描述每個人都有一個自己最害怕的字，比如有人想到或者聽到「性」這個字就會昏倒，而我那陣子想必是對衣服二字過敏。

美好衣裳仍讓我賞心悅目，然而美好衣裳不一定非穿在我身上，「夫唯弗居，是以不去」，藉衣修行，放輕得失。如今走過櫥窗已練就理智心態，不再迷失服裝叢林裡，與其維持君子之交，淡而彌遠，質比量勝，每一件都因爲眞心喜歡以及適合才購買。世上沒有人穿得完所有的衣服，獵豔與佔有的心理無非是一時之快，後患無窮；轉贈親友與愛心捐獻通常起因於衣令智昏，或者「魔鏡、魔鏡」的遊戲在作祟。

詩經：「邂逅相遇，適我願兮」，貼切描述出當我遇見一件對的衣裳，如同愛情，在千萬人之中遇見你所遇見的人，不思量，自難忘。而打開衣櫃看見心愛衣裳還未亮過相，總心想一定還不能死，至少要活到將它們全部穿過。「好的名字不在新奇、淵雅、大方，而在造成一種恰配身分的明晰意境。」將名字換成衣服，是我以爲最理想的穿衣境界。終究是人穿衣服，風格品味也是亦步亦趨著生活心境，此一時彼一時，穿得好便剛巧趕上了那個對的自己。

在人與人交接的場合，看人們如何處理自己與衣服的關係，是我的娛樂。有人懂得化繁爲簡趨吉避凶、有人明明不合適仍互相牽絆、這個是相敬如賓合情合理、那個掙扎在理智與創意間、這女人是晚熟的羅莉塔、那男人怎一個懶字了得……，等不及評價完我們摁熄了菸，起身從衣影幢幢的咖啡館離開。下午他還得到設計師工作室上實習課，繳交立體剪裁的作業，我則是要趕回家試試剛剛開殺戒買的新衣。

衣事造化弄人，命裡幾度曲折，借衣還魂，繼續沉淪。

苦艾之夏

法國新上市一款老酒，苦艾酒，酒精濃度百分之六十多，滋味據說辛燙辣舌，十九世紀被稱為「綠精靈」，等待過馬路時這麼聯想起。烈陽下的耐心畢竟很拮据，行人無不瞇眼皺眉巴巴望著前方，那綠色小人亮起來開始行走，倒數計時，台北不知何時開始有這種號誌。

時光可以使肌膚對台北的夏天失去記憶，離國六年，早已遺忘了屬於此城的蒸潤潮濕，原屬平常的季節顯得始料未及，像剛上市。

剛抵達那幾天以為是時差，稍後才明瞭，是溫差，讓我處於昏昏脹脹身心乏力，犯熱感冒似。白天諸事不能做，直到黃昏頭腦才清醒，生理時鐘倒不用調整，巴黎的夜正好對應台北之晨。據說今夏氣溫創下歷年新高，眞趕上了！

如此暴烈的天氣，放肆的夏天，在陽光下所有物事都像被強迫曝光似的，慘烈翻白，又彷彿一股熱蠟澆下來把人都給凝住，動彈不得。台北陷在水滾火熱，車輛、柏油路、鋼架玻璃、市府大樓與淡水河騰騰冒著熱氣，整座城市被燙著了，瘋狂夾著尾巴要逃跑，可跑不了，就熱暈癱瘓在北緯二十五度。

炎夏是好藉口，就不必立刻跟這城市的步調接軌。灌下一大杯冰水，旋開電視關心一下國內時事，久違了的台灣媒體，六家電視台二十四小時播放新聞，島上無鮮事，豆大的新聞搶著報，一小時後鹹魚再翻身炒一次，當家主播被老套科班訓練過，聲情過度介入報導。二十四小時不夠，螢幕兩邊還有小字幕在跑馬燈，唯恐有人漏掉非獨家。政治新聞娛樂化，娛樂新聞八卦化，八卦新聞全民化，記者追桃花追到碧落黃泉，每日舉辦花邊記者會，麥克風掐著當事人窮問。天災橫禍遭困遇難，受害者與其家屬的責任是一定得公布被害的心情，記者是白癡嘛，心同此理，有啥好問。江湖術士命理神仙升格爲萬事通學者，旁徵博引洩漏天機，人的鼻頭形狀決定是否會連任立委與豢養情婦。啪！關上電視天下太平。

冷氣房裡待久毛細孔被堵住，雞皮疙瘩跳滿手臂，人怪不舒服，還鬧肩痠偏頭痛，在國外實在難得吹到冷氣。除了廚房廁所以外，家裡每一個房間都裝上冷氣機，躲無可躲，何況冷氣一關上熱汗又立刻直冒，電風扇呼呼吹出來的是暖氣，至於心靜自然涼嘛，高僧境界難企及。天氣熱到像張針氈，坐靠躺臥怎麼與它相處都不對。

廚房有如停屍間，未經冷藏的動植物屍體容易發出腐臭，午晚兩次的收垃圾時間千萬別錯過，用千年不化的彩色塑膠袋裝好，盡市民垃圾不落地的責任。浴室裡一股尿騷與糞腥味瀰漫，熱散不去，即便一再按水沖馬桶，便紙桶緊密蓋上，感覺仍臭烘烘、髒霧霧；洗完澡附著在浴池的黑癬，與流淌到浴室周圍的汗漬、分泌物、體毛、塵灰，怕都脫不了集體犯臭的嫌疑。或許是夏天使人誤生馬克白夫人的心理作用，洗了復髒，髒了再洗，必須洗到皮膚去掉一層皮脂，迅速鑽到冷氣房。

「儲藏室裡那幾箱你的東西，找時間整理一下，看看有什麼可以丟，別老堆在那裡佔空間。」

用剪刀一劃開紙箱，登時傻了眼，被黑影蓋住了三秒，什麼啊！那一顆顆黑粒子有的結塊有的成片有的成塔，一陣悶羶氣味，嗆得我——

「蟑螂屎啦！連這都不認得，真是。」

死蟑螂竟敢染指我清白的書籍，黏生在內頁與邊沿，得使力才硬摳下來，在暗不見天日的紙箱中既無甜食又無蜜汁，也足以安然待上數年，綿延產子孫，台產蟑螂生育力之旺盛由此可見。而其中好些東西我已認不得，不時詫異怎會一併就擺了進來，它們都曾經駐留過我生命一時半刻嗎？大學畢業後一服完兵役，迫不及待要出去看看這個世界，遠離這繁囂的島嶼，離開當時也是在一個夏天，但現今我對台灣的熱卻已印象淡去。那些蒐集經年的集郵冊、電話卡、明信片、卡片，邊沿已泛著霉黃，有幾張電話卡並沒打完，這次回來發現公用電話多已改成IC磁卡，好像有些來不及說的話，年少匆匆的流光，都封存在這些紙箱裡。

半夜睡醒，奇怪怎麼窗和門的方位會調過來，是花了眼、慌了神，難不成我靈魂出竅？心稍歇靜，才察覺身體轉了半圈，頭的位置跑到腳的位置，不免失笑。起身喝水，好像有小異物，吐了回去，燈下一瞧，兩隻螞蟻浮在水裡。水無色味，哪裡能招引牠們失足跌進去，剛剛杯子是擺書桌上，端詳去——嚇！一排螞蟻列隊在競走，牠們蠱蠱蠕動有如長在我體內癌細胞的蔓延，毫不寬貸一隻隻摁死，手指上全是屍體發出的異味，氫氣刺激著肺葉，剛剛差點就吞入喉嚨。

對過大樓陽台伸出一條曬衣竿，衣裳飄盪有如招魂旗，又像一閃一閃吐著蛇信，於夏夜冤魂不散。

> 第三位天使吹號，就有燒著的大星，好像火把從天上落下來，落在江河的三分之一，和眾水的泉源上。這星名叫苦艾。眾水的三分之一變為苦艾。因水變苦，就死了許多人。
>
> ——《啟示錄》

從來沒喜歡過夏天，一向如此。

「陽光會蒸發掉我的智商。」從前常說的一句戲言，輕憂鬱的年少偏好的是雨潤湮濃，哪要大大方方光明珵亮的豔陽天。中小學的升旗典禮比數理考試讓我更覺索然，數以千計黑壓壓的學生頭曝曬在太陽下，忍受呆板的國旗歌、迎旗儀式與校長長篇說教，我總很期待輪到當值日生，或者故意身體不適需要人護送到保健室，有機會攙扶別人也要爭取，總之，躲得陽光多少便盡量躲。

鄧加（Edgar Degas）的畫作「苦艾酒徒」（L'Absinthe）：咖啡館一角，女人面前一杯苦艾酒，八分滿，旁邊的男人或者是路人，抽著菸斗視線朝外，她的神情安靜呆滯，顯得太過耽沉於自己的輕憂傷，但下一刻，說不定她就會舉杯飲盡那杯苦艾酒。

夏天不宜逛街，人們逛的都不是街，要不走在騎樓下（當然必須走避店家停放的什物），要不走到街兩邊的商店裡吹冷氣。仍有少數推不掉的接風宴與必須親自去辦的正事，出門頂著烈日，我詛咒台北的太陽，法西斯強權！硬要全無偏私一律平等地照射到天地萬物，高溫下的台北街頭即景，一格一格領著我穿梭不停：

攤子上疊滿雨陽兩用傘，掛牌強調UV功能，一百元一支。

把群雞關在同一方格鐵籠裡，熱得受不了，羽毛、雞冠、尖喙競相伸出籠外。

捐血站，現打西瓜汁一杯二十元，不加糖水，便宜。

珍珠奶茶冷飲店隔三步一家，眞空無菌，粗大吸管，也價廉。辣妹細肩帶，低腰牛仔褲，丁字褲倒齊腰，褲腳刮出流蘇，美化市容。石花凍，擺在檸檬愛玉旁，望文可生義，但到底是什麼？提包上班族眼鏡架在腦後，暫時的，他掏出手巾揩一臉汗。新推出夏日殺手，高防曬係數SPF65，電影明星臉上印著這行字。西施關在紅綠燈管小包厢，露天坐檯，清涼透明純賣檳榔。捷運裡冷颼颼，老先生推車販售止汗劑香港腳藥方，和乘客一起從地底穿過台北的心臟。

走出台北火車站大廳，雪碧汽水廣告響起：「在這裡我只聽見自己的心跳，世界和我一起透明」——

雲天壓低，天色灰陰，幾分鐘前雨剛剛下過，微風颯然。氣象報導海面附近已有中度颱風形成，預計在明後天影響台灣本島，請民眾做好防颱準備。而伊人不會失約吧，我等待在風雨來臨前的台北街頭。所謂伊人是初戀女友，以前一起在南陽街受難，課後常穿梭窄巷間鑽研各家小吃，陪她在館前路等601公車，那段日子我幾乎忘記要苦惱夏天，記憶裡的她是那樣冰肌玉骨自清涼無汗，宛在水中央。台北暑氣已消下來。

以前講究些的苦艾酒喝法是這樣，把一根鏤空雕花紋的湯匙架在杯沿，其上放一顆方糖，再將白水從上穿過糖與湯匙流入杯中，杯裡的苦艾酒便會產生雲霧般的變化，翻騰如舞。如此加料過後的苦艾酒喝起來便有甜味，入口不久，會從喉嚨深處生出辛香，餘味不絕。

遠遠地，她嬌小的姿影，出現在馬路車流間；陽光似要破雲而出，將洗過的台北城映照如新，綠意爽眼。

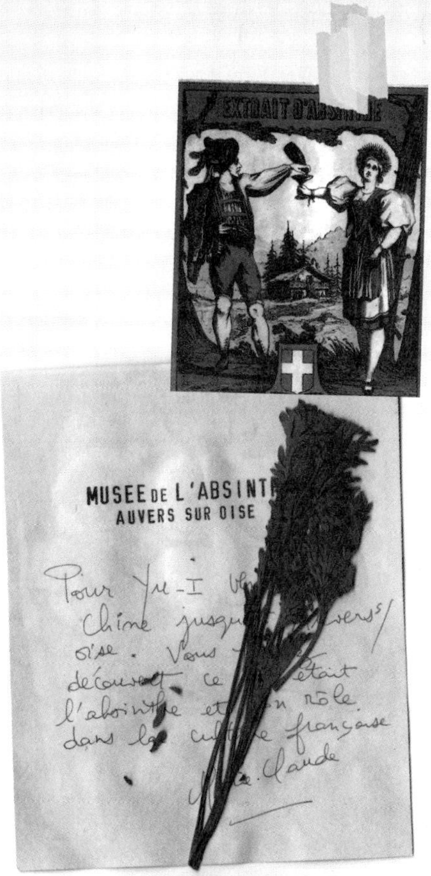
AUVERS SUR OISE

縫隙時光

A la recherche du temps avant et après Paris

不續寫日記，且一手勾消數年數萬之落筆。

毀敗之後，那些遺落在縫隙的時光，才允許被寫進眞實。

我被藏在時光裡，縫縫角角的，整片的時光使我著慌，我必須割下一小塊，讓世界找不到我——這些從未敢於寫下。

縫隙裡的一切，紛紛然，前來尋我。

起初開始藏，約四歲，自己分不清楚「上」、「下」兩個字，藏得不好，爬到彩色鐵方格欄杆最高處，晾在光天化日之下，苦惱的眞心而切意。

圖書館一個邊角，凹得比整面牆深一些，已幾回閱遍，仍有滋有味讀著修鞋老人住在騎樓的塑料篷之下養著一隻流浪狗，聽廣播最怕有颱風警報，多了幾筆生意他便盤算要買牛肉爲小狗進補……。他的窘迫處境，我讀來別有一番甘美——眼神絕不掃過斜對面，那列書架上插著《蔡家老屋》，鬼影埋伏，我的身子畏縮得更在邊角了。

南部外婆難得來台北玩，大人們去迎送往來，家裡熱鬧烘烘，我急忙躲到冰箱與鞋櫃之間的夾縫，縮著腳，咚、咚、咚襲來心跳聲，我莫名感到害羞，祇會講日文跟閩南語的阿嬤就跟她攜來的彰化陽光一般，如此溫暖而又陌生。一發現我缺席了家族全員的門口恭候，她滲著檳榔顏色的一口銀牙開始起伏有致地喊：阿—Ki—唷！

成績中等，琴我也彈得零落，有那女孩與我最好，她齊全被賦予了公主的身世條件：獨生女、卡片兼Hello Kitty代理公司董事長千金、氣球彩帶蛋糕芭比娃娃禮物的生日慶祝會；更還有，她人與她的用品都散發著一股粉紅色蜜麗香氛。午間自習，避過糾察隊，鑽進大禮堂之內，我一人快意暢然躍上講台，手指走幾個琴鍵，自扮自演忽而就應時的淚盈眼眶——扮演她——公主善良的饒恕了所有嫉妒她的平庸俗物。

黃昏起雨，全班整隊改到大禮堂上體育課，我跟自己都不承認幾小時前這裡曾上演過獨白戲。

所有人都在教室換體育服，我到女廁換，角落很不敞亮的一間，故意不撳亮燈，終於同學都不在我的四周，我在幽暗中，幽暗的讓衣服穿梭著我的身體，碰都不碰自己，身體正在變化，我想阻止，那些起伏悖反了童女的貞靜，無可挽回，總有一天身體要往所有人都會前往的方向，留不住了，我不敢想下去。

文學少女時代，憂鬱是自己刻意為難自己的狀態，見人容易慌張，背熟了所有樓頂不上鎖的大樓，岔開的課間，用餐的午間便尋到樓頂。有什麼呢？……觸目荒涼，一無是處，我的憂鬱也這樣空白而無有名目。

曾經躲回廁所裡，極少被使用的視聽教室的邊間廁所，徹底的黑暗中傳來鞋跟喀叩、喀叩——啪！揿亮燈，我裝成好似一塊「停用」的門板，來者開不了門，她轉到隔間，我逼促自己趕緊耳聾鼻「盲」，尿液沖進馬桶裡的響聲在黑暗裡被強化，憂鬱為我製造出這難堪的打擾，完全不必要。

我還找到了婦女研究室，午修時間空蕩蕩，挨牆的鐵櫃另隔出一個小空間大概是研究員的辦公室，掛了幅塑膠簾子，背光而陰暗，我併了兩張書桌當床一般躺下。翻來覆去沒能真正歇息，總有想之不盡的什麼值得我刻意為難自己。一天，有個女孩子突然「唰」一聲扯開了塑膠簾子，細眼、短捲髮、豐膩的白肌膚，甚至沒有先好奇或者詢問，一開口便認定了我是竊賊，偷了別人的空間，顯然她並不是研究員，但厲聲怒罵得像我就該有那麼無恥。我的回話堵在喉嚨出不來，表情也同樣木然。

幾天後還擦不去那種深刻羞恥的感覺，在心中不斷上演要怎麼與她吵罵，甚至痛快揮她一耳光……

開始寫日記，日日記下我的一天經歷與感想。

不再躲了，任何一處空間縫隙。彷彿這並不是一個認識我的世界，我不會被看見，而能用日記安心的看見自己。沿著日期寫著，遇見某人說話某人感受某人，碰上某事快意某事憤怒某事；心裡綿綿對話著某電影某音樂某繪畫；記下倫敦懸陡如山壁的地鐵，清晨的阿姆斯特丹賭場像台灣鄉下路邊的遊戲機，波赫士的迷宮阿根廷，巴黎的咖啡、巴黎的冷、巴黎的漂浮生活如外客……

唯獨戀愛，寫不進日記裡，往往最初認識的那一天有跡可尋，因為不肯一見鍾情，之後一旦陷落，日記便對此無法言語，久久。

寫了萬卷長度，鋪陳開來，是時間的長度，然而當毀敗日記以後，我才明白原來實情是，我根本開始了更隱諱的隱藏，並非藏在空間裡，而是分裂了兩個自己，一個得以在日記中安身，另一個無法眞正被書寫在日記裡。日記所迴避去知覺的我時時知覺，像命像運，聯繫在相悖的兩端——分裂的我才能成功的搜尋回那些瑣細、幽暗、微小、不堪不足道的縫隙點滴。

縫隙裡一沙一世界。

點滴中一花一天堂。

內心語言著一路下去不再有日記可記的時光，都是我。

我從來無法自在從容面對他者，我從來無法專心面對他者與我在某個時空下的交談、問候、什麼意義都沒有的彼此溜一眼。我總是感到分裂的苦，無法穩確的使弄語言，無法淡定，細節使我痛苦，分析細節使我疲累，可我無法放過細節，偏就有本事將細節全部錄進大腦記憶區塊，不思量，自難忘。

終於她，另個我，她懂腹語，擅長身心分離術，儘管不躲在一個空間裡，這世界仍然找不著我，除非尋見她，她才是我。她嘲弄日記裡的文字，就像那些從未說開的時光，蹲在角落，虛僞的獨腳戲，與我相熟唯獨與她徹底無關。

我無法跟任何人敘說那些縫隙時光，敘說我分裂在縫隙時光裡。我將我弟弟藏起來，對同學宣布家裡祇有我跟姊姊，因爲鄙視那個離文學很遠的世界：記過、打架、飆車。我將我媽媽藏起來，第一次夢見鬼，即是她的指甲一直在蔓延伸長眼看就要掐進我的肋骨裡……我被嚇醒，而同時也尷尬地收納了這個秘密。我藏起來好多好多大人不希望我知道的秘密，理解了秘密的當時，我表現如常，祇是靜靜梳理著秘密的內容，埋到連日記都找不著的深處。

人與人不存在完美的瞭解，那祇存在於神與人或者撒旦與人之間，我卻一意勾勒著這宗僭越之罪，她要我別貪得無饜，我辯說我是誠實的，我總是在行過一段文字之後，推翻我所行過的文字，但她不肯饒恕我，從她出現的頻率看起來。

神有時亦會溫愛起來賜予恩典時光，讓我感覺與某個人達到一種通透的默契：「我們懂得彼此」——壯哉斯言！愛情短暫解除了我的分裂，因我專心充滿著他，因信仰而得救——片刻——就在恩典降臨與分裂之前，我被聖靈充滿，通體焚燒如燦蓮如狂巫。我對我的信仰很執著，遇見另一個人，我就容易分裂。往往在習慣另一個人之前，我已經分裂一如槁木死灰，我不知道怎麼「三人」共處在情感的獨佔關係裡。

她在那兒，冷靜審視這一切，我言著愛情，行著愛情，一邊看穿自己的所言所行，灰心自己怎麼就是無法不冷靜不審視。言行在她，不過是戲劇化的自戀、模仿與再製，她引用那句經典來揶揄我：我們總是先認識「海」這個字，才看見海。

我等待一個可以完整我的人，不必一面愛一面又覺得荒涼，一邊寫詩一邊鬧牙疼。我的理想是將那些藏在縫隙時光裡的我，在一個人面前淘洗乾淨，不再身首異處，腹語喃喃。

我注視這世界，這世界她看來荒涼，我那些喧鬧討笑的表面，她深知那是一款不加思索的公式套用。她在，遮蔽了任何人察覺我內在風景的破碎凋零。我渴望有人可以發現我有多麼不擅說話，多麼不安，那使我終於安心，又渴望他足夠聰明到理解我對世人的善意來自於我的不想費力，窮於應付分裂狀態的自我囚禁與自我分析，自我毫無意義的繼續相處與繼續嘲弄。不會有人相信我需要花兩個小時調整我的呼吸——於清晨，那無解的憂鬱——才得以微笑示人。

憂鬱有時候即使是輕盈的，亦可以如青澀果實擠得出汁液，酸到肺葉裡。我很關心人家的難處，眞誠的關心，我總是很擔心別人的憂鬱也擠得出汁液。我的微笑與關懷從來不虛僞，一旦做人有過於甜美之嫌，那是因爲「我」藏在縫隙時光裡，走不出光明正大來。我的眞誠關懷源自於我害怕憂鬱，太害怕到一種需要以分擔別人的方式來減輕自己的，我總希望協助別人體會到世界的美好，那眞誠有多高，我就有多憂鬱。

說到底，她不偶爾被埋沒在縫隙時光裡，神的恩典或者撒旦的陰謀會降臨得更加稀罕，我更無法幻覺到完美瞭解的存在。

居住在醫院附近對我非常適合，我可以一路從消化性潰瘍、大腸躁鬱症、左外踝骨骨折、眼睛慢性過敏、急性結膜炎、尿道黴菌感染、網球肘拉傷、鏈球菌引發失聲，不優雅卻也不慘重地細細碎碎病著，引不起任何一科醫生的憂慮，甚至於嫌我過分誇大：「我幫妳取消耳鼻喉科、眼科，他們跟我這邊家庭醫學科開的藥會重複。」

閉上眼睛，一絲嘆息升上來，眼淚便掉落下去，這樣輕易沒有理由。她絕望於我不需要觀眾，哭若不是一道乞討欣賞的風景，就是爬過肺腑的蝕心螞蟻——眼淚，分裂不了我但蝕痛了我。我怎麼就無法放過一絲含蓄的走神、一抹僵在唇邊的微笑、一瞬空白的尷尬、一抹無語的難爲的漠然，一切輕微到似乎隨即便消失的什麼。我專長抓到語言縫隙間、肢體縫隙間，甚至空氣縫隙間的，輕微難堪、無奈、輕蔑，那些縫隙其實都禁不起沉重的形容詞，然而我就想掙脫，蒸發掉這整個世界。

她和悅勸慰：我不是他者，我在，就不再充滿他者，妳衹是妳自己，不需要分裂。

是否要陳述自己的憂鬱？憂鬱容易引起的美麗聯想，這詞太有光輝，但欠缺一種獨特的深度。爲什麼需要被瞭解？沒有人可以眞正被瞭解，在這組問句兼結論上，她與我同樣世故。一旦有人輕鬆跳躍過我的分裂，來給我幾句輕鬆的讚美，她趕緊推搡我適切表現出應當的歡喜，否則容易招致虛僞以及想要討得更多讚美的嫌疑，人是這樣卑微到連不喜歡讚美的勇氣都沒有。

我討厭自己而不宜說開，她更嫌惡不聰明的他者，一旦有人嫉妒我，她直言他們太愚蠢竟然察覺不出我的分裂，我處理不好自己的分裂，就無法眞正在意他者加諸的評斷，我對傷害總是不言不語不理睬。她用冷漠對付別人，她以爲這夠清高，最高輕蔑即是無言，卻熱烈拷問我，生活就可以純粹是她與我的夾纏。怎麼有人可以如此熱中於背過自己計較他人？我就祇能注視著自己，她說。

無所不在的時光瑕疵，無人知曉的淡淡齧痕，牙蟲行過處，補起來，將就著咬下去，跟自己怎麼計較玉碎瓦全？畢竟用文字敘說了縫隙裡的時光，她微笑起來，有種收復失土的悵然舒適感，將一個一個藏在時光縫隙裡的我，以文字淘洗，那些毀敗之後，不再屬於日記的文字。

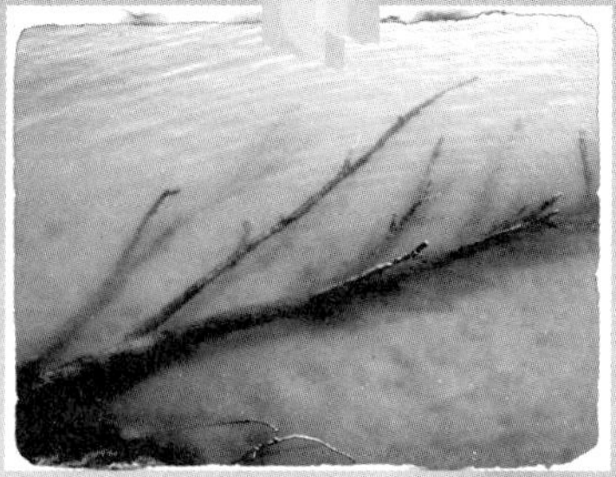

識字

「嫣」之一字

認識「嫣」這個字，是有趟經過的。

阿姨們彼此推著手肘：「快看，獅子頭來了……」一名女人罩著大波浪鬈髮身穿露背魚尾長禮服架式如皇后般掃過，她們語氣顯得興奮，又帶點同性間不以爲然的淡淡酸味。電視上平面的大明星突然立體於眼前，我楞是盯著，那襲魚尾裙著火一般的燃燒了舞台，鱗光亮片滿場飛舞。

半小時表演完畢，魚尾再度掃過我們這桌，女經理是阿姨的朋友招呼歌星坐下來聊幾句。瞧見我，歌星便彎起指頭逗弄我臉頰，直說好可愛，她的笑容似乎淡掃了臉上的濃妝，顯得隨和可親。媽媽得意到生出虛榮心，畢竟「獅子頭」是這桌婦女的主題，說笑間就眞順著歌星隨口提議的帶我到別處玩，其用意恐怕是派我去臥底探探虛實。

歌星換上白襯衫牛仔褲再套雙馬靴，鬈髮被風撥平了，層次與氣勢減弱下來，不像獅子像隻溫柔的綿羊。我們等在西餐廳門口，一輛機車減速駛近，有點意外怎不是大老闆開著轎車；她的男友是牙醫師，樣貌白淨斯文，神似彼時權威主播盛竹如，兩人看來不是那麼合搭，可我很曉得可愛應守的本分是什麼。一路三貼騎去小美冰淇淋店，純是為了討好我的嘴。店裡冷氣極強，我衹穿一套白色無袖棉恤燈籠短褲，前面繡隻天藍色小飛象，頭髮紮束到兩旁，像耳邊多出兩朵微笑，邊說話邊如跳舞般晃動著湯匙，忍住寒凍，愉悅地吃下整條香蕉船，情侶眼中透出讚許，顯然很滿意我這約會多出來的小東西。

又載我們趕到另一家餐廳駐唱，男友隨即離去。我被擺在她認識的一桌客人當中，暫時身分被指稱為她的私生女，我無邪地笑著，彷彿這一切都在我玫瑰色世界的理解之外，專心打免費電玩小蜜蜂。安可曲她唱〈蝸牛與黃鸝鳥〉，說要送給剛認識的一位小女孩，朝我眨了眨眼睛，我左右點著頭配合歌聲打拍子。

她的住處是約莫七、八坪的小房間，公用廚房廁所在外邊。她招呼我坐下喝水，一邊拉開衣櫃——哇！那些釘著亮片、碎鑽、緞帶、霓紅螢藍豔紫的登台禮服，小女孩童心嚮往卻難以實現的絢爛世界，我忍不住一襲襲指點並驚嘆起來。電視正播放著九點半單元劇，演員有于楓、李玉琥，李玉琥還會用黑框眼鏡做鬼臉，我們順著劇情隨意聊天，素臉家居服的她祇是個鄰居大姊姊，不知哪個角色名字帶「嫣」字，年幼不識，右偏旁一團凌亂以為是「媽」。

她從南部單獨上台北奮鬥，抱怨登台用本名賴玉蓮：「太普通了！我想改個名字。」

我盯著電視字幕默唸著：賴—媽—蓮—多麼難聽呀！

她自己輕吟品味著：賴—ㄧㄢ—蓮，一邊問我的意見：「賴嫣蓮怎麼樣，不錯喔？」

記憶到此，畫面淡出。

媽肯定追問過我，我大概也說不上什麼，認識一個字可不是她要的答案，不會是任何人要的答案。然而我總清楚記得阿姨對我說話的語氣，如同對待朋友，親近而家常，並無故作兒語嘻笑逗我。易地而處，面對一個六、七歲初次見面的小女孩，我可會用平等慎重的語氣徵詢她換名字？

一樁不離奇也談不上怎麼快樂的童年記憶，不意間浮現，然後跟著再經驗一次，我讀得出「她」感覺如此、感覺那般，那並非出於我此時的臆測，記憶是第一人稱，全知觀點。然而我是憑著記憶來閱讀，抑或，我從未離開過「她」，那當下即成，同時是往者與來者的自己。我和那個小女孩，沒有失去聯繫，隔著許多年，無數人事來去，一個字如同記憶的密碼，使我們相認。

人生識字憂患始，認識「嫣」這個字，卻使我像是偷到了什麼般的快樂。

莫記痕

釐不清「上」「下」兩個字，自己就蹺課攀到操場方格鐵杆最高層苦惱著，老師厲聲喊我下來，還罰我兩字各寫二十遍。當時不足小班年紀，被寄放在親戚家，太哭吵了，就領我半途插班進幼稚園，那該是我最初與文字的相遇。

後來喜歡認字，搭公車上學總以閱讀窗外的招牌爲趣，經常撇回去追著剛剛沒看清楚的字，遇到生字則硬是記下形狀回家問父親，如此累積久了文字自會產生屬於自己的明晰意境。「佳佳」絕不會是間律師事務所，「鳳珍」可能賣糕餅、家庭理髮或者寢具行。朋友說高中讀的女校附近有家「愛玲旗袍店」，男校遞情書就在這家店轉角，於是當她讀到張愛玲三個字，畫面立即映現出一襲旗袍。

每逢新學年開學點名，很少老師能將我名字的兩個字都唸對，我得朗聲報上大名，一時半刻便出點小鋒頭，由於這層虛榮心，我擔憂同學們將來結婚若給小孩取一樣名字，那我即非獨一無二了。事實上，我娘抱怨原先講好的是「思敏」（幸好沒用），全是我爹到戶政事務所登記時臨時作主改了。

「溫刻通放哪?」

「什麼溫刻通?」

「就是你擦皮膚的藥膏啊,原本放在梳妝台。」

「妳給它取這名字?」

天啊,那藥膏眞叫「溫刻通」,因爲我有命名癖,愛給家中大小事物取別名,我爹便以爲我眞閒到連藥膏也不放過。

在字堆裡,識別字與字連起來的氣味、顏色與氛圍,給予我極大的樂趣。小學時讀愛情小說,眞羨慕那些個夢竹、盼雲、絲縈、初蕾,將自己名字與眾女角一比對,實在無色無味,遺憾竟未染一絲言情氣息。自己沒有的便特別留心人家可有,守晶晶、夏道緣、丁補天、龔選舞似乎都等待著被勾勒,其名鋪陳下去便是一則傳奇。寫小說好處之一是可以盡情發揮取名癖,雖尙無合適角色給麗珠、雅慧、淑娟,但過雅反俗的毛病亦要避免,不可有專爲製造戀愛意境之嫌疑。

但就有個文藝腔名字,眞有其名,又不被我確定其名,卻一直在我心中是個特殊印記。莫記痕與我同齡,笑起來兩瓣唇劃開一排潔白牙齒,陽光灑然。他是樓下鄰居周伯伯的孫子、小琪姊姊的姪子，我剛從中部度暑假歸來，我家與他家已成交好，感覺像是突然多出一家子親戚。我們都聽說了彼此若干事蹟，他知道這家女兒也叫小ㄑㄧˊ，於是我們相處起來便跳過了陌生。

他央姑姑帶他來我家玩，他進門那一刻，我幼小心中驚起羞羞的歡喜，無法置信他兌現了我衷心未語的期待。我下午有課正在趕作業，他一旁陪著我翻書抄寫，我下筆很重，希望鉛筆刮刮的聲音蓋住我的心跳。母親端來沙士，我停下筆來和他相視笑笑，齊享受沙士灌到肚子裡又冒上來的香甜氣。我感激又歡喜這男孩，他想見我，便來見我。

從小我心思就多，他不同，坦白光明得很。小琪姊姊帶大家去兒童樂園玩，公車把人擠成一團團麵糊，途中有人離位下車他立馬一屁股坐上去，連忙招招手要我過去，兩個小孩合坐一個位子剛好，祇我有些害羞，畢竟是連跳大會舞男女生都要中間隔著小竹棒才肯牽手的年紀。大家就笑他，笑他這麼不遮的，對小祈很偏心喔；這舉動也正好應驗了大家的猜疑，他與我自此被視作一對。

至今不能忘記當時他招手的表情，那雙乾淨的眼睛，說著很單純一件事，單純到忘了別人，除了他喜歡的我之外沒有別人。而今，在情感人際的錯綜兵法中感到疲累，我會懷念起，那樣一雙看我的眼睛，映著尚不懂世故的童心，被我的記憶定格爲永遠純淨如初。

他不常上台北，後來我也搬家了，那年紀自然沒有書信往來，小孩子在一起光會嘰嘰喳喳講話，他的名字唸起來是這樣，但不確定寫起來可是這三個字，我偏要一廂情願以爲，沒有另外兩個同音字能與「莫」組合出更恰切的意思。屬於記憶的，改不了，錯也錯得理所當然。

高中時父親應邀去參加周伯伯七十歲壽宴，我想說不定能看見他，不過青春期個性很「孤拐」，思量來考慮去，終究提不起勇氣。父親宴後回家，我旁敲側擊問東問西（父親可不知道有這樁「早戀」事件），結果他父母、妹妹都去了，他並未前去。他沒到的理由必定與我相異，我一向有這類挺偏的記憶力，人家哪會記得，輕輕淺淺根本沒什麼。從頭至尾他都不曉得我的名字，大家向來喊我小ㄑㄧˊ，我是父母雙方各自表述無法達成共識下，自己按偏好選擇「祈」這個字。這一切，以及我一切的後來，他無從知曉。

世界上叫小ㄑㄧˊ的人很多，單祇有一個小祈記得他九歲時乾淨的眼睛。

多年後他爺爺在大陸過世，台北的姑姑嫁到新加坡，難以再得知他的消息，也或許永遠沒機會確定他的名字。莫記痕三個字，很文藝的名字，仍然能將我攜回當初單純的情感語境。

每日一字

小學五年級自己買了生平第一本日記本，封面浮雕著純白小天使，附一把袖珍鎖頭，翻開內頁手指會沾著濃郁香水味。我每天勤懇記載著小小少女心事，叮囑媽媽整理房間時不要偷看，私心裡又希望她「不小心」讀到，驚覺我是那樣早熟而敏感。

其實她沒空理我，我姊常將言情小說租回家來，瓊瑤、玄小佛、亦舒、岑凱倫還有一些封面爲性感洋妞的羅曼史，母姊倆忙著玩間諜尋寶遊戲，趁小說藏我這裡，自然撿了個現成便宜。原本僅是合法掩護非法，可後來我比我姊讀得勤快，閱著、讀著童年的尾巴彷彿被剪裁掉，直接將我蒙太奇到未來，以爲小說裡寫的就是通向成人必經的對白與情節。

那是文字於我一次極大的跨度，童話到小說，小孩蛻變爲少女。

李艷秋每天在電視上教大家認識一個字，其正確的筆畫順序、寫法、讀音、用法，節目播出名聲後，我爹豪氣買了五冊精裝本。他幼年在湖南受過私塾教育，國學底子不俗，常教我玩迴文、寶塔詩、歇後語一類文字遊戲，臨帖也是他臨一篇我臨一篇，文字一直是我們父女言語以外的靈犀聯繫。

偏愛「每日一字」裡面的成語故事與歷史典故，沒事便翻起來溫習，家有客訪我的人來瘋便表現在賣弄國學常識。四年級轉到新學校，第一次作文得到這班級前所未有的高分九十五，純屬杜撰了一篇「懷念秀萍姊」（李秀萍是我原先小學的班長），導師讚美我能適切引用豐富的成語，登時我這轉學生好不風光，引起矚目之餘連帶掀起班上背誦成語風。

我很驚異每日一字裡個個正大端容的字可以組合出成人情感世界的瑰麗、紛擾、曲折，而其中我無法全然理解的豔異片段反而加深了閱讀帶來的迷炫刺激感。有了起首便難以回頭，一路陷落在「異端」文字叢林裡，可不是，「三人成虎」比之婉君情困於三兄弟簡直如啃輪胎皮。我立志將來要念台大中文系，要穿著飄逸的月色衫裙走在文學院，這絕非當時我眞有「台大」和「中文系」的概念，因爲私下統計瓊瑤小說裡的女主角都有這來歷。

對言情小說慣有的情節公式感到厭膩，興趣開始轉向純文學、翻譯小說，此時趕巧遇到我的國一導師兼國文老師，我的日記便開始充滿著對戀父情結的憂悒想像；小天使早飛了，改成題墨字的手工再生紙本。交上去的每一篇週記每一篇作文都等於在跟他說——是我。

我是「刺鳥」裡坐在神父肩頭專得他寵的小麥姬；我是對待主人羅徹斯特如此深情堅毅的孤女簡愛；我是在細雪飄飛中被爽然表哥邀去砍桃花的趙寧靜，我還是許許多多不以我爲名，但以我心爲筆的女主角。那些個未曾說穿只行諸筆端的心思，曲曲折折隱隱約約夾藏著自己也說不清的什麼，他會如何看待我經手處理過的文字？等待他發還成績／評語，總被小情小緒充溢得無法呼吸。

他拒絕電視，一星期要讀完幾本書，我專揀他給聯考班上課時去巡邏他的辦公桌，擱於其上的那些書彷彿神諭，我虔誠跟隨他的目光，讀著同樣入得他眼裡的文字。課後還常藉洽公名義找老師聊天，繞著文學爲軸心，他對文學的見解詮釋了他整個人，比如他欣賞「未央歌」裡面的伍寶笙；而我表面平靜禮貌，內心卻翻動起舞，文字紛紛衍異下去，成織成網，我藉此將自己情困住。爲了企及他所在的高度，我也自行展開了閱讀旅程：紅樓夢、張愛玲、川端康成、屠格涅夫……

國一學生證上他的筆跡褪成淡藍色，流暢如行雲寫著我的姓名，再熟悉不過的三個字突然走樣起來，越看越像錯別字，我與名字的主人有些生分，時光擱淺出當下我和彼時我的距離。曾經心情早已不再，這樁因戀慕而帶來的文學啓蒙卻從未歇止，我讀著，寫著，以字來結繩，記憶比時光走得更遠。

女書

選擇「女書」作爲論文題目是來自噩夢，在巴黎，重複連綿作過的噩夢。

某則厲法頒布下來，禁止寫中文，單單衹能以法文書寫，我忍不住偷偷指畫起來，心裡發慌，憤恨我跟我自己隔著一層言不及義，這夢將我魘住，幾次都在心悸中驚醒。

當申請學校要擬定研究計畫時，便浮現大學時代在「女書店」翻過，記憶中那些個柔勁纖長的文字，由女人所創造，並且祇在女人之間流傳……

這對照了我自身的異語言處境，行使法文礙難及於母語流暢，二十六個字母組合產生的字意，迥異於由形符聲符構成的漢字。我在巴黎開始寫小說，正當母語變成文字而非日常語言之時，就因爲那層言不盡意的隔閡，我的心理語言變得切身需要。

而她們呢，處在一個對女人「禁文」的年代，如何承載自己心底的言語？

問題意識於此展開：禁止認字，我即是文盲，一個文盲的我，是遠遠不能想像的我，我之所以爲「我」的組成元素通徹拆毀。我的內在深邃意識，與外在世界的聯繫，對事物知覺的方式，全然已不成我——我即非我。聽覺將全面凌駕於視覺，聽覺是從集體生活自然模仿而來，攤在面前的文字卻是視覺的，唯獨自己面對。盲於文，即是遮住那雙懂得文字的眼睛，阻斷了通過讀與寫可能有的心靈啓蒙。我會聽、會說，便停止在聽與說；耳聞之言、口出之句能夠暫存在於時間當中，卻無法通過另一種形式被思考、深化進而編織。

而湖南江永縣那些女子，從不能有，到無，到無中生有……沒有人可以確定女書的來歷，祇確定女書來自一種非如此不可的需要。本能地，她們稱漢字作「男書」，因那是男人的專利：

女人只是學針線　何必女人入學堂

三從四德是本分　專心時學洗衣裳

自傳佔了女書主要篇幅，而通篇寫下來不外是「訴可憐」，她們想爲命運找個透氣的窗口，於是用自己的文字來記錄自己，讓神思自由飛出去，她們筆下的女書比她們綁過的小腳走得更遠，遠出於日日夜夜重複又重複過的生活輪跡，那是卑微處境下唯一能作的主。

女書傳人楊煥宜撫著預備好的棺材悠悠嘆息著：「少女時代學習女書是我一生中最快樂的時光，與嗜賭丈夫一輩子不說話，跟自己姊妹才眞是好感情。」她們用女書來結拜姊妹、書信往返、慶祝女兒節、祭拜娘娘神，幾乎可說以文字形成一個單性地下社會，背著男人，訴著彼此的可憐。凡欠她們的，不足於她們的，她們以文字來自行償還。

女字由左右弧線、左右斜線、上下一直線、實心圓、空心圓五種筆畫組合而成，呈長菱形，柔抑恬退，卻也似翩翩招展之舞者，單衹表音而不表義，我辛苦地學著認、學著寫，一如初初握筆小兒——我曾經那般——凡字皆生鮮，凡字皆生喜。

已用中文對譯好的女書文本我得琢磨著再用法文翻譯出來，當讀到義年華以女書記錄孀居的心情，直不敢相信這是出自失學農婦手筆：

又惜家先冷成水　他日家先冷孤魂

忽然懂得，她們用女書寫的，學者用漢字對譯的，我再用法文翻出來的，都是同一件事。文字即心。這一懂，彷彿將自己清空，從迷離字障裡掙脫出來，當我不必再認字並且能嫻熟運用便以爲文字是天經地義的一種存在與技藝，字的靈氣會在這種錯覺中蒸發掉，女書還原了我對文字純初的感情。

走了一個圓，回到初相識的起點，我的文字從「上」「下」開始，一路走來，穿過時光的周折與凝結，識字的憂喜錯綜著人生的憂喜，或忘或失，我之爲我，情深於文，正在將字一直認識下去，寫下去。

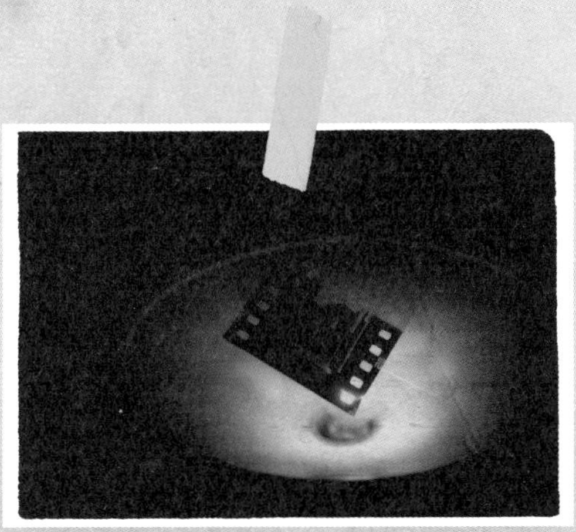

預感

Chapter02

在五月的秋天預感到海洋

難道最初前來建立我國家的船隻，是從這條遲緩泥濘的河流到達？險惡的水流漂著水草糾結而成的浮島，那些斑駁的小船難免一番顛簸。

——《布宜諾斯艾利斯建城的神秘》波赫士（Jorge Luis Borges）

那是我所經歷過唯一發生在五月的秋天，跨越赤道一座臨海之城，水色滔天，豔異淋漓。

通關效率慢到快要累積出抗議人潮，持槍警察陸續擁過來，同行的艾蓮五年前回家探親曾被恫嚇外加狠敲過一筆，我們等得焦慮又擔心。她對我直言不喜歡這裡，十歲就移民過來，成長得極不快樂。眼見主事的人出來解釋了一番，隊伍終於鬆動開來。海關完全沒意思盤查我那兩紙薄薄的旅行許可，在法蘭克福機場轉機時，艾蓮幫我吵了一頓架，一再保證如被遣返我自行出機票費，起飛前十分鐘，我們才順利衝上飛機。

由於對月份、季節、冷熱之間彼此對應的固定印象，我總不能想像卡片上的聖誕老人穿著T恤短褲在一片綠茵草地上騎鹿，她笑笑說：「聖誕節？哪兒有冷氣往哪兒鑽！」

車過彭巴草原，風吹來寒意很淡，來得正是時候，再晚些便入冬，會下雪。這趟旅行是一個意外，此前，我找不出可能前往的脈絡，幸好旅行絕對主觀，不需要說服誰。行前湊不上具體計畫，於我如此遙遠陌生的城市，拿機票時旅行社小姐用法文說：「那是南美巴黎啊！旅途愉快！」導遊書也這麼三言兩語打發，一個城市就值這便宜的比喻？我刻意要剔除自己負笈巴黎數年所累積的印象，抱著一個乾淨的問號啓程，旅行的主觀在於永遠是攜帶著自己前往。

好眠醒來，天剛透亮，空氣中泌著一股鮮新，立時覺得自己被寫進波赫士迷宮般的文字裡——開始了一個不同的生活，早晨是遼闊的原野，白天有馬的氣息。對他來說，那是嶄新的、有時甚至是酷烈的生活，但他的血液裡早已帶有這種生活的傾向，因為正如別的民族崇拜和預感到海洋一樣……《釜底游魚》

是的，預感到海洋。

艾蓮與親人同聚，多數時間我帶著地圖以及不怎麼情願翻看的導遊書自己遊走，幸好迷路在布宜諾斯艾利斯相當不容易發生。西班牙人模仿羅馬軍營所建造的街道，如同棋盤方格般橫豎對齊，曾在此居住一年的超寫實藝術家杜象（Marcel Duchamp），不知是否因此而迷上象棋，封自己「棋癡」。一條街與另一條街的門牌號碼一定相差一百號，也不輕易橫斷換街名，據稱世界最長的一條街Avenida Rivadavia，號碼不知累積到幾位數？最寬的則是七月九號大道（Avenida 9 de Julio），寬及一百二十公尺，中心巍巍矗立著市標般的建國紀念碑，街心鋪植花草像一串串小公園，我對這些記錄式的最寬最長最高沒啥心思，唯一就覺得麻煩：過馬路得等兩次紅綠燈。

街道多數樂得大方，筆直寬闊，一款氣宇風度，普遍可見歐洲建築的特色，然而與都市化已成熟至停頓狀態的歐洲迥異，市區仍在蓋現代高樓，半成品林立，毫無歐陸對古蹟袒護的潔癖，這裡允許現代穿插與古典並存，也或許是及不上歐洲豐足餘裕到可以講究，布宜諾斯對現實無疑是妥協的。

Café Tortoni位在五月大道上（Avenida de Mayo），布城歷史最悠長的咖啡館——仍改不掉巴黎居的老習慣。點杯咖啡非常實算，連帶會附送一杯果汁、一盤小點心，如果點的是café con crema，還會大方得到一大落奶油，桌面呈現物欲豐饒之感。

在這裡，模糊的昨天與清晰的今天

給了我人類命運的通常遭遇；
我在這裡的步履
構成了一座龐大的迷宮。
在這裡，灰濛濛的下午
等待著早上欠它的果實；
在這裡，我的影子像一縷青煙
將消失在同樣模糊的最終影子裡。——《布宜諾斯艾利斯》

旅行能夠帶來任何劃開從前的生命啓發？此城完全不是那麼回事，不是直線來直線去，邏輯扣著邏輯。看過一部紀錄片講女鋼琴家阿格麗希（Martha Argerich）：「就像生命本身，很複雜，有時痛苦，卻也是世上最美麗的事物。」午後的咖啡館，遲重而又清揚，牆上裱著許多名流簽名照與名家畫作，裡間還有探戈沙龍，高起的舞台立著一架鋼琴，酒紅絨幕掀開過去的一場漪夢，過時了，然而曾經繁華過。咖啡館裡Gardel哼著Por Una Cabeza〈一步之遙〉……以一步之遙而輸掉了賭局，如同那挑逗又笑容可掬的女人，以微笑在宣誓著那虛假的愛情。而我的愛則如同野地營火的烈燄般燃燒著，以一步之遙輸掉了賭局，她嘴上的香吻全都是不理智的……迷離永恆的一步之遙，據說阿根廷人不太有時間觀。

晚上六點之前回到艾蓮家，規定好的。她一群朋友都來了，全是台灣的移民子弟，我便沾光一齊享受接風宴。才第一天，已經很不耐煩導遊書之爲物，我喜歡聽他們說布宜諾斯，喜歡去懂得移民的蜉蝣困境，這城市才有眼睛鼻子，値得且愛且恨。

阿根廷是南美第一個脫離殖民獨立的國家，其後卻歷經了太多不平靖，這般被層出不窮的問題纏繞著，卻仍散發一股並不粗糙的從容。阿根廷人的驕傲在南美很有名，驕其南美洲政經領先地位，驕其居民血統來源最「白」，多是西班牙、義大利等歐洲國家的後裔。論起民主，軍政府結束後，總統是由全體公民「強制」投票選舉出來的（允許投廢票）。當地朋友對朝政置評：「一堆毒蘋果裡選出一顆爛蘋果！」「可能第二天醒來你就發現整個國家改朝換代，兩星期竟換了三個財政部長！」「上頭的官沒一個不A錢，可惜就沒出現一個又會A錢又會治理國家的。」「警察也是黑的，他們用盡各種理由賺外快。」

所以規定我晚上六點前必須回到家，晚餐用畢也是護駕一般送我和艾蓮回到住處。市街兩旁植樹，自然伸展舒泰，街首延伸至巷尾，天之下還拱搭出翠色蔭棚，茂盛又參差，實情是政府沒錢修剪，而私人剪樹又是犯法，有個朋友爲此還被帶到警局作筆錄「關」了五個小時。晚間八點過後的收垃圾時間，常有人在樹下的垃圾堆裡翻找東西，景氣太差導致，白天行過的那些雍容莊雅街景，此刻被蒼黃夜燈照映出一絲窘迫。

長期經濟不振，社會治安自然紊亂，搶劫案頻繁到成爲習慣，不少商店門口就站個持槍警衛，或者門窗外焊上鐵欄杆，客人上門得按電鈴，要不就眞槍實彈把你認作匪類。艾蓮家對面的猶太教堂二十四小時站著持槍警衛，這倒好，連帶守了他們家的超商。然而朋友也說：「阿根廷人非常有禮貌，也很熱情，尤其男人個個是紳士。」

我的旅行就在這種危險又有禮貌的世風下進行。

走到Puerto Madero碼頭區，地圖上看來銀河（Rio de la Plata）應該相距不遠，穿入一座有些荒僻的公園，偶有散步運動的三兩人經過，遠望過去那條河，盡是枯枝、浮萍、亂草，以爲水鳥棲止處便是銀河，日記中的切格瓦拉（Che Guevara）曾經騎著摩托車來此，內心因而觸動起來。請求一對老人替我拍張紀念照片，他們走幾步路後又折返，用誇張的手勢動作再加上我用法文去猜西班牙文，領會到意思是：「一個女孩子單獨在這公園超級不安全，我會被搶得連鞋子都不剩！」在有趣的溝通往返中，才明瞭這座河並不是銀河；對著誤會都生出良久感動，旅客似乎都帶點一廂情願。走到公園出口，Luis、Amalia叫喚數十幾隻貓狗Amigo！（朋友），熱情承諾明天帶我去看眞正的銀河。

童年時讀過好幾冊三毛翻譯的《娃娃看天下》，喜歡晃著一顆爆炸頭卻言語睿智的瑪法達，當時沒能讀出漫畫家Quino是在諷刺由裴隆（Perón）主政的社會，更無從預期有一天我會走進那個背景裡。對照漫畫情節，四十年後的阿根廷社會似乎更加「險惡」，至少我連安心在港口邊遙想Che的自由都沒有。

翌日近午，我和Luis、Amalia齊步出發去看銀河。他們指著沿途的飛鳥、地禽、植物，發西班牙音教我認識，這一大片都是野生動植物保護區。天氣透出寒意，風吹彎了成片蘆葦，那樣的寒意蓄著一種謹慎和深意，我像是原始部落裡的孩子，正由族裡的長老傳遞著大自然的智慧。一個轉口，看見了！——不該名爲河，更是不見邊際的一片海洋——滔滔黃水辨不出原有款式，一匹一匹抖開，三兩船隻便像繡上去的幾團霧，更渺遠處浮凸出一列島即是烏拉圭，顏色稍深，天際線因而顯得淺了，銀河就這樣失去邊際地流下去，流下去，裁得比時間還長。

西班牙文只會說Hola（嗨）、Gracias（謝謝）、Chao（再見），我一人拿著地圖四處闖蕩，當地朋友與長輩都有些「佩服」到不知該說什麼。我站在經營超市多年的艾蓮媽媽旁聽課：「別看這男的西裝筆挺，拿不出什麼錢來的，阿根廷人就是這樣，再窮出門都要穿得體面。」「妳幫我繞到後邊，那女的進來時眼神不對，可能會偷東西。」「阿根廷人就是懶，幾步路而已，買東西還打電話要我們送過去。幸虧他們懶，要不華人怎麼生存？」「請工人一定要簽合約，阿根廷實在太過保護工人，他們又愛找藉口請假，囉唆事一大堆，你要請他們走路，還得付一大筆費用。」一見幾個像小乞丐的孩子，艾蓮媽媽隨手抓起糖果發送，「經濟差嘛，怎麼買得起，眞的也是可憐。」

我不以爲伊瓜蘇瀑布兩天一夜遊是旅行阿根廷不可避免的陳腔濫調。因爲一對戀人相約要到那裡重新開始，那裡在黑白粗粒又低悶的畫面間首先色彩了起來——永失所愛的男人死後的靈魂化作鴿子：Ayayayay他唱著，Ayayayay他悲吟，Ayayayay他唱著，他因致命的愛而死去……即使跟團是件非常不王家衛的事。

黃昏抵達，住進國家公園裡唯一的飯店，我見遠處山巓堆著幾捲濃雲，然而不可能啊，暗不見月的晚上，懂了之所以剛剛check in服務員說這一排房間比較貴，因爲看得見……幾乎愕然，水勢竟然浩大到能成爲映射到遠處的光束，顏似月魂墮，輕如雲魄起。

整條步道大約兩公里，我不曉得該怎麼走完，因爲不確定如何才算看盡，前進幾步，遲遲流連，又折返幾步。Iguazu在印地安語意謂「大水」，兩百七十五個小瀑布連綴而成，寬得可以容納水的無窮造化，一切祇是無可言說的靈境。

台北武昌街的那座城隍廟，一入廟埕舉頭可見「你也來了」，此際，我在心裡反覆著這四個字，其餘的也無法細說清算了，就是我來了，置身「大水」之間，我無法讀出水的語言，就算換下「美」，其他形容詞一樣累贅，單祇歡喜著我來了！

天空中兩道彩虹先我抵達了「鬼喉瀑」（Garganta del Diablo）——Paraná河切穿所形成的斷崖大缺口，隸屬於巴西國境，我祇能是鬼喉眼中一抹遠小的身影。水瀑成雨，聲勢暴烈，我無意閃躲，太喜歡被通徹淋濕。同樣也沒有撐傘的是幾位高卓（Gaucho）裝扮的人，席地圍坐，銀製吸管插在以瓜殼雕出來的茶具裡，輪流傳著喝馬黛茶。波赫士一九七二年在詩裡預言了這個畫面——〈高卓人〉

他本來就平庸無奇，蝸居陋室，
在那永恆的幽暗中作夢、品茶，
一直到那遙遠的東方天際
呈現出大漠黎明時分的東方彩霞。

超過起飛時間三個多鐘頭，等得大家噪聲四起，可能都懷疑自己將要見證阿根廷人有名的「嚴重時差」。廣播在喊人，似乎喊的是個華人的名字，一字、一字、一字下來，三音節，隔不一會兒，重複又廣播了幾次，恍恍惚惚間……是我！怎麼能置信？從腳底板冷上來，萬一承認了之後是勒索、拘禁、刑求……但候機廳裡就我一張東方臉孔。前來「逮人」的官員看來面善，至少不是一張抓毒販的嘴臉，誒……原來朋友們打電話到機場要我放心，唯恐我不懂西語會以為遇上政變，布城起霧所以飛機開不過來。

週末假期撞上了五月二十五號國慶日，爲了慶祝Christina剛「買」到駕照〈按正規來，考十年吧！〉，也爲了陪我完成心願，一行人聯袂驅車出遊。Recoleta區主景點是名人富豪墓園，有如具體而微的富麗宮殿群，小報舖兼賣的明信片十張有八九說明了此處葬著艾薇塔（Eva Perón）。周邊爲高級住宅區，精品店商店街貨色琳瑯不輸香榭里舍，一旁來自華盛頓的老先生此番舊地重遊：「二十五年前這裡祇有阿根廷生產的東西，而現在你可以買到世界各國的牌子，但買得出手的人太少了！」這讓我和朋友在餐廳享用義大利美食時，邊吃邊嚼出「商女不知亡國恨」的味道。

正準備駕車離開，突然冒出停車指揮員，這是窮人瞎找名目削錢。別說窮人，連百分之九十以上的大學生畢業後都希望出國另謀出路。別看市區餐廳開得一家比一家大，裝潢一家比一家講究，全是以債養債，「老闆的帳戶赤字比霓虹燈還可觀！」街上常見從玻利維亞、秘魯來的外地攤販，一身民族裝束，廉價賣些自種蔬果、手工藝品。跨越安地斯山脈，貧富差距照樣大。常常我一條地鐵線坐下來，每一站上來叫賣的東西都不一樣，每一站出入的乘客階級也很明顯。

即使波赫士寫了一篇猶如微型論文般的〈探戈的歷史〉，都沒能定下結論，我卻甘心順從導遊書上一句話：「波加碼頭是探戈發源地」。所有人都爲那裡掛上了猩紅色的警示牌，可旅期近尾，我無法再忍受繼續錯過。一路上Christina家人撥了怕不有十通電話要確認我們一行人的安全，我一邊好笑，一邊又緊張，心裡的那分堅持可不要變成大家捨命陪君子。

探戈的身世即為布宜諾斯艾利斯的身世，我所預感到的海洋即是從這裡開始。

波加碼頭（La Boca）邊的鐵皮屋塗滿鮮豔色彩，彷彿彩虹曾跌翻在這裡，顏色濺得淋漓，現在與顏色一樣醒目的是警察與觀光客的密度，可據說最當初是為了讓船隻進港時容易辨認。那是個海洋的時代，是個水手、貧民、妓女、流浪漢的時代，他們跳著一種讓地板燒起來的樂舞，拘謹而墮落，典雅又粗野，含蓄富妖佻，神秘至今無解，如同這個城市一般由記憶與現實搓揉出複雜的層次感。

探戈的本質是悲傷，那股混合尼古丁騷動著肺葉的迷離氣息，掐著這座城市，永遠保留了想哭的欲望。

我登上停靠在碼頭邊的一艘船艦上，將視線投向大西洋，失去了時間刻度，海能夠將地理象限推到座標以外，比遠方還遠，星星點點斑駁的船帆，跨越赤道，朝我顛簸而來，他們知道即將泊岸在這片未知的大陸並且建立一座城市？

十六世紀最早登陸的西班牙水手將這裡命名為布宜諾斯・艾利斯（Buenos Aires），組合起來意思是——「好空氣」。

我不相信布宜諾斯有過開端。她像水和空氣一樣永恆。

大水

「鬼喉瀑」（Garganta del Diablo）是飯店落地窗上印著的大幅貼畫，劃屬巴西國境，簽證只辦阿根廷一國，注定到不了，忽然才想起靠這邊的房間何以貴一點。遠著瞧感受不到如其名的氣勢，覺得像一袋水煙，懶繫在青綠山腰。

此行中唯一岔離布宜諾斯艾利斯的兩天，當地朋友極言不可錯過，好意幫我安排了飛機住宿。出發前一晚大夥聚會我抽到一張「水牌」——水：情感，深度，直覺，流動，未顯現的，有潛力的，純化，子宮和生出，給予生命……。朋友唸著禪卡上的結語：該是你讓那個來自過去深深隱藏在內在的創傷浮現出來而準備被治療的時候了。這種心理遊戲不論任何人在任何處境下聽起來都會覺得有道理，我卻像被拆穿似的，除了心虛外，不免替次日的遠行附會上特殊意義。想遺忘的遲遲無法遺忘，靠時間太慢，伊瓜蘇大瀑布，幾個字唸起來有一種暴力。

要了張地圖我幾乎是奔出去，參觀瀑布區有時間限制，而且「一定要先走向上的那個方向，比較精彩好看。」木牌的確標明兩條途徑，可我越懷心眼越走不到，明明起頭是分開的兩邊，如何走也只能繞到向下的那一條，乾脆放棄朋友的建言。比起布城的秋爽，此處氣候更近夏天，暖融融溫綿綿，下午的太陽照在身上並不炙熱，至多使人微汗，對照北半球現下的時節，可以穿上短袖，先就讓人感到痛快。繞半圈地球量起來距離究竟多遠，直是徹底相反的兩個季節。

還沒遇著大瀑布，已經先瞧見幾處小規模的瀑布，本來此「大」之名就經由兩百七十五個小瀑布累加而成。日光稀微草徑跟著幽深，她們藏在山壁間，忽一刀劃下來，像似新娘的面紗飛空，這是端上主戲之前的預演，於我有一種乍然相見而未修飾妥善的唐突，歡喜的唐突。放棄了再趕路，急急忙忙看完一切，那是一人單獨旅行有義務要避免的一種累。

投宿在國家公園中唯一的星級大飯店，沖洗完身體，將已洗去鹽分的衣服晾在陽台，聽聞樓下庭池杯觥交錯笑語沸沸，其他地點、其他時間同樣會做的事，原封搬演到山上來，這就是文明的俗麗，人終究很難鎮定地停在寂寞面前。飯店只包早餐，冰箱陳列的琳瑯貨色都是蠟做的，看得吃不得。我任蘇打餅乾在齒間喀喀作響，咀嚼不出食物的味道，甚至不覺得是在吃，可聲音一直重複下去，人就不那麼餓了，說飽當然也不是。遙控器可以對八十幾個頻道下指令，快速巡視一輪連忙關掉，不大情願讓外面的世界侵襲進來。無書可讀，拉開書桌抽屜，一本西班牙文聖經，我翻找〈啓示錄〉第六章的「開第六印」：

揭開第六印的時候，我又看見地大震動。日頭變黑像毛布，滿月變紅像血。天上的星辰墜落於地，如同無花果樹被大風搖動，落下來未熟的果子一樣。天就挪移，好像書卷被捲起來。山嶺海島都被挪移離開本位。

對上了章節位置，找到以西文書寫的這段落，有任何意義嗎？一直不肯老實安分地活著，單獨面對自己都還免不了作戲，我總是渴望一種暴力。

更夜了，「鬼喉瀑」只剩游絲，殘喘在黑夜的床榻。

翌日一早再度出發，路徑同樣是蓊鬱連綿成的枝葉波瀾，恍惚今天只是昨天穿了不同天色的衣服，隔著霧，仍顯明亮，且清晨空氣鮮新，托著蒸蒸潮氣，顯得物物色色欲垂欲滴。豔的羽翅飛過，飛禽就停在臻天古木間開了幾嗓；土裡窣窣跑動的松鼠、果子狸也是一副不怕人的模樣，偌大國家公園只開放百分之五的範圍，想必在保護區內的野生動物自由慣了。

以排名來說，伊瓜蘇是世界最寬的瀑布，群山以環弧狀錯肩排立，我像走在一扇浩蕩契闊的多摺屏風間，禁不起盤迴，渺小、更渺小了；如果有人打極遠處向這望，在他眼瞳裡，我一定若藏若現。而無論是屏風的面處或背處，視線都逃不出「魔鬼喉」——巴哈納河

（Paraná）切穿所形成的斷崖大缺口，也是電影「春光乍洩」裡戀人說好要從頭開始的一項地理座標。整條步道大約兩公里，由我逛起來卻長得多，覺得看賞不完，一眼以爲看見了，一舉步隨即改觀，分明是同樣景物，這幕明明起的是猶抱琵琶，轉刻卻上場夜奔的林沖。

寬的優點是足夠容納水各自造化。有的自上灘直接沖下，一灌如注，有的途遭岩石會稍作勾留，水勢便秀氣些；有的單脈單傳，由源而下單打獨鬥，有的子嗣聚眾，那就多支一注。水柱隨著山壁岩石凹凸的程度，變化出不同的線條紋路，而山壁岩石同時間也以等值的力道斧雕著自己，兩造激迸出不絕於耳的「聲景」。瀑布上游所建的大水壩「伊泰普」（Itaipu），在當地土語的意思是「水石相擊之頌」。

水流動無止歇，執著於自己的重複，草葉長年被水淹漶，索性就乾不了。更有枝葉橫生於山壁，迎面承受水的下墜，像一簾簾生著綠色頭髮的水閘，宿命般直不了身，爲天然原始叢林添增幽悵。循著箭頭跟下去，這般清早遊人不多，水箏潺潺撥彈，韻律緩急有致，透空而虛淨，我的心卻難以安靜樸素，回憶繞到更早以前更遠的一個他方，心象潸然而臨——你，你走來……

我問，你值不值得是一種等待？

響在耳邊的水聲勢越來越跋扈，可不是，一陣風起，水柱都紛然催作急雨，殃及局外，衣裳表面的纖維輕輕沾濕，我知道，快抵達步道的盡頭，壯烈大瀑布即刻在眼前，我必須前去完成一種，走進去就消逝了的美。

古今沒有第二個人會重複看見我將看見的，水非前水，哲學已不再辯證。我對那種完成卻開始感到沮喪，大瀑布是這趟旅行的終點？如是，我將再沒有等待可以信仰。記得幼童時喜歡讓糖在嘴裡慢慢化去，故意比別人吃得慢就爲要延遲那種甜美滋味的消失，自以爲這是一種勝利。越來越多觀光客從我身邊竄過去，用各國語言興奮地歡呼，我爲什麼停在這裡不向前一步，不是一直嚮往痛痛快快的有隱喻意味的暴力帶我脫離陷在泥淖裡走不出來的情緒。而其實，我心裡最大的遺憾是你不在這，但這一路上你缺席過嗎？

「水牌」：「……你攜帶著你的創傷。帶著自我，你的世界整個存在都是一個創傷，你帶著它到處跑。沒有人對傷害你有興趣，沒有人積極等待要來傷害你，每一個人都在護衛著他自己的創傷，誰還有那個能量？但是事情仍然會發生，因爲你隨時準備受傷，你準備得好好的，就在那個邊緣等待著任何事發生。」

等待是一種迷信。

走過去置身其中，半濕的我已無法定定凝視，保持當初那個優雅的距離與角度，好半天形容不出感覺。瀑布不多言，瀑布取代了所有的聲音。耳貼得越近那聲音越像電訊受到干擾，單音節重複播放著巨大雜音，待大風掀起才好一陣子擾亂了音節，更聽不清要傳達的內容。然而喧嘩是安全的，彼辨不出此，此辨不出彼，彼此都被吸收進喧嘩裡，引誘我大喊，破裂的幾個發音組合成的，你的名字。一叫喊就失效，不再是神聖的秘密，而且省略了我為慎重宣布它所一直不斷排演的戲碼。大水淘洗乾淨我的聲音，國王的耳朵是驢耳朵，國王的耳朵是驢耳朵，森林一旦說出童話就非常誠實。

我決定寫一封信給你，而且要這樣寫：

此處有大旱，水以陣勢壯大的千軍萬馬趕去搶救，來不及要傾身灌注，明知不可為的偏要為之，軍令不可一隙遲疑，因那渴止不住，龐貝古城瞬息荒涼，永遠追在水的前面。

一個念，以乘法計算得出十個念，千念，萬念……

念你，你即是念。

似海失足，筆直懸搗，勢甚雄厲。

求索伊瓜蘇河上下九十公尺的落差，重重跌落，那即將翻覆之前的最後瞬間，是神秘的，因一再不斷被重複，掩蓋住個別單一的情緒，那瞬間便模糊了。

你不會問的，重複又重複過，人生教會你懂得避重取輕；而我仍在原地踏步，苦苦追問，為什麼該過去而過不去？

似雪融，似液態的雲，似冰屑起舞。

同一件事物被安插進不同形式，水循環系統中的某一個落點，物理現象。如果宇宙經歷一場巨大變動，使原來的秩序失守，那時會不會是：山無陵，江水爲竭，冬雷震震夏雨雪。

今日大難，來日尋常，輪迴猶未盡。

那信將結束在一組最微妙的意象。

橫掛在瀑布間，彩虹像一把上緊了弦的弓，無以計數的水箭穿射過去，不多時又紛紛棄械，逐漸息了擾擾攘攘，吐出顆顆碎如細沙的泡沫，是所有水流的結束語氣詞，微微嘆息。直到注意力渙散，不經意張望，才發現略遠處的另一座山竟架著同樣一副弓箭，七色顏彩轉拓在大水上，重複排列一次紅—橙—黃—綠—藍—靛—紫。

見到雙彩虹的那一刻，我停止了所有的修辭，對旅行的預想，對暴力的渴望，對自我心理劇的扮演。靜默。以言述必定悖離。

你，不可說。

Iguazu印地安語即「大水」。

世界的前夜時光

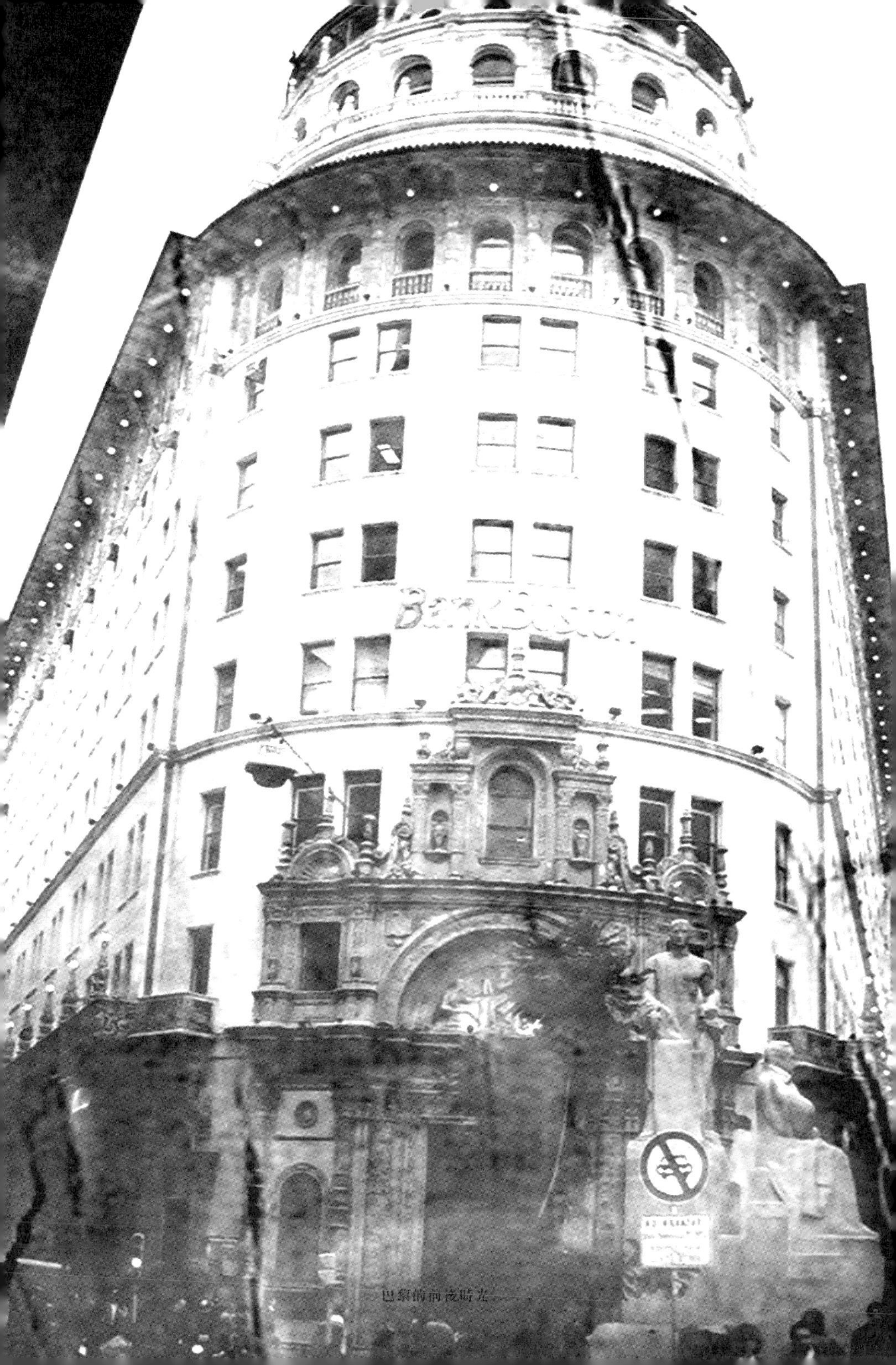

【後記】

時光，從「江邊村」走來

稀少重讀寫過的文字，迴避著不肯承認，我想自己總會寫得更好，以前就當是虔誠的練習；再虔誠，也是個練習，算不得準。直到要出書得我親自定稿，卻是一天可以定個幾篇稿，扁起嘴深深呼吸迅速瀏覽過——改是不改？我決定留下，所有時間給的折痕。

我驚訝的，也是那些折痕。

那時所寫的，再也無可能了。如果我未曾以文字結繩，時間便遺忘了自己。眞都是我，或者作態或者中文系風或者小情小緒或者偷懶欠斟酌，遠的未必青嫩，近的未必更見好，這使得我慚愧，又幸好那時候寫下來了。當初的語氣、用字、心緒、思考，鋪張開來是一塊繡片，經時間沉埋過，今我看去，搓揉著錦豔與蕪舊。

收在這本書裡的散文跨越了八、九年，散文寫得比小說還早，從台灣來到巴黎，好像剛開張有點練習作文的意思，寫著、寫著，從巴黎再寫回台灣定居。一向就鑽著時間的縫隙寫下來，在小說與小說之間，在小說與論文之間，在小說與論文與紀錄片之間。

散文比較近似休息，習慣要寫字，休息也寫，記流光二三事，全是對自己的意義，問都不敢問就這麼值得寫上幾筆？還因爲窮，字數吻合的便投文學獎，完全著眼於獎金，沒有榮譽得失心，我一邊羞愧於這不是件高雅的事，一邊引用另位寫作窮朋友的話安慰自己「這是必要之惡」。

「巴黎音箱」、「巴黎人類學」是短期專欄稿，稿約一邀一催便寫了，下筆很快，幾乎一寫便就，頭一回嘗到快筆的滋味，同時也印證自己不怎麼依靠靈感，更需要紀律。靈感給的是瞬間的創作慾望，而我得安靜坐在電腦前，進入一種狀態，乾淨透明，封閉自己，文字便尋著我提筆——字寫了我，字寫出散文，字寫下時光。

照片更近於抓拍，某段時期有「相片日記」與「相片遊記」的習慣，隨便一台三流數位相機，見著了，快門與構圖幾乎零時差，那些偶然的瞬間，再拍也不是了，甚至不記得當初拍的意思，難以解釋，以爲是詩意——自以爲。

散文比較家常嘛，那我就攜家帶眷不那麼居高端雅而要致一番感謝詞。

謝謝三隻動物，依結識的時間順序是藍魚、海豚與松鼠，都是男的，被我煩得緊，爲生活爲感情爲志業爲電腦爲搬運爲瑣瑣煩煩的這啊那的，他們總一向幫著我，溫暖了這本散文集所經過的漫漫時光。

我沒有什麼讀者概念，最多就是一些朋友給的讀後感，出書至今，最驚訝於我的母親，她非常支持。我弟、我姊抱怨看不懂，我媽立刻反駁：「第一遍不懂，多看幾遍就很有味道啊。」她接著說有回讀著我的作品還錯過了捷運站……我非常感動。

對母親感覺到愛這回事，比較晚。小時候總覺得我是父親的女兒，她一直是外於父親的一種存在，我要走過了些許時光，才懂得她，才有能力愛她。文字從來就不是我們溝通的方式，家母也不是文藝婦女，她的性格很直率，言語俐落，耐性欠缺，從前很愛漂亮愛打扮——影響了我對外在的修飾要求。打小自己剪劉海，每天梳不一樣的髮式，小學六年級就懂得偷穿她的絲襪，回家之前先脫下來藏書包裡，國中開始收集準備大學要穿的衣裳……

等到了文字，跟母親之間的隱微隔閡才拿開，她與我的文字親，我深深感激，走進心裡與她親。

而父親，見他手握著一本《楚辭集注》嘆息著：「怎麼看不懂了，以前都讀過的……看一下就累，眼睛不行了，腦也不行了。」聽得我難受，他眼睛不好，白內障開過刀，不可能架著他讀我的文字，我從來不清楚他看法為何，倒是他抱怨過我從前不肯好好臨帖以致寫出一筆極醜的字，以及書名語法不通讓他不知如何跟人介紹。

江邊村是我第一篇小說，現在看，散文得很，讀下來頻吐舌頭「不愼其前，而悔其後」。別有意義在於這是一篇即席創作，現實點說是幫助我早幾個月擺脫了聯考，大學四年免費。

春假期間在師大的教師會館住七天，每日考試，唯一自由創作項目要我們以「春天」爲題，文體不拘，似乎給了三、四個小時。寫完我狠狠哭了，向來我就容易悸動，這一是爲了創作，二是因爲寫給父親——我最早的文學啓蒙者。

出這本散文集之前，心血來潮，從一堆箱箱盒盒間找出了這篇文字，我說，原來我的文字是這麼走過來的。那些眼生的字，駢麗的字，對仗的字，拗過來折過去，故事說得泛泛，但隔了十幾年，竟讓我再度鼻酸。不會有人知道這篇文字後面藏著父親塡過的詞牌；知道父女參觀故宮我留心記下的古器物名目；知道我日夜反覆聽的幾卷國樂卡帶——父親門外笑我完全沒有音樂天分；知道父親攤著手繪地圖跟我述說故鄉的地景人情……模糊眼睛的，或許是一路從江邊村走來的時光，字時光。

〈江邊村〉

（揭天而起，沈婉凝鍊，指撚按撫一音停佇同律高比一音。倩笑蓮步移轉，掬伴揚琴、二胡、中阮、高胡、柳琴踏踏而來，故事吟哦不已似續不盡。只是啊只是精衛填海、皇英沉湘，水柔而剛無而有涵潛相思擾弄春色，要路客战数採評主意。）

「江邊村」位處湖南醴陵近湘贛之交，村名自然就是因江而起興的。這江自湘東荊沖地由東而西蜿池流下，長也不長寬也不寬倒還澈澈清清，流過兩望俱是蓊鬱邑茂樹林蔭著的疏落緩丘。臨逢春天時，杉木、樟樹、松樹、竹林常綠不歇。綠得人臆舒胸展，暢暢悅悅。滿山的染山紅（杜鵑）、鳳仙、銀杏、芍藥、扶桑，擺弄風致爭搶花魁綻得沒個開交，像不許人間有未落筆的圖畫。近岸邊處則就垂垂楊柳像虛應一應事般，有風生起才泛撥點漪江面。山與山間平疇鑲嵌著的是一戶戶江邊村人家，大多數務稼，人情溫厚純樸，意摯情眞，即或是有誰家的雞走遠了越了籬，難明白辨判誰養著的，也不會有紅了臉粗了話的事情發生。當地人們無不欣許著所在是一處地靈人俊的好地理。誰說不是？這條無名江和北來的清江匯合處，有一處文昌閣，多少勝朝墨客文士、顯宦名人行文題跋其上，熠耀往今。故而有人說道：文昌閣內識文昌，七架橋上遇七嫁（註1）。閣的後面也不枉擔盛名，矗著許許多多祠堂，都是中過進士當過翰林的俊才掛匾額於其上。江邊村人家有事，娓娓述著、敘著……。

（挑音而起，驟乍驟疾拔尖擢高，褰裳涉水千里間關路途迢遞豪志薄天。龍紋對玦雙面工落躍青玉剡花連紋盤脆朗錚鏦，助以羯鼓鼕鼕鼙鼙。豆青花果蓋碗緣刮緣刮磨拉舒緩吟吟長長。春鬻天機做營生，説示韶陰莫擲百工各斯備備全全，音籟催迫攛掇春至物甦得好籌計籌計了。）

「滿兒，仔細走，春天水漲路滑，頭不及水高，落下了要給江鬼作兒子。」我哪就這麼沒出息，跟娘送七蒸七曬的南瓜乾給舅媽娘家的兩位嫂嫂，還指望她們細聲喊道：「欸（註2），快長得又冬瓜一個高了，來嚐嚐替妳備著的梔蘭片（註3）。」每年春天循例跟著來，還不就爲了這目的。我也挺想著邊邊、四喜、大鐵鋤、小七那群孩巴芽子家。可不就是去歲，咱們么喝村裡一大群孩巴芽子，趁春暖時候好，在江邊村潑皮玩鬧得痛快。登時兒，嚇！一對大白鳥，低飛折衝，咱們趕緊給捉逮正著了一隻，找來寬籠子給關著，成了大夥公有的行當。後來聽説那沒被捉的另一隻，隔不多久，常飛回來踱步著岸邊。村裡大人們説一定是對夫妻鳥，還是給放人。「不好了！來人救命啊！大姑娘落水了！」娘尋聲攙著我也去看，岸近處滿滿擠擠都是人，鑽隙挨蹭著我才看到，一個身著月白竹斜襟薄褂，下繫同色長褲，被救起來纖纖怯怯可憐見單只拿眼覷人的姑娘。娘好心地欺身進前問道：「姑娘，看不出是哪家的人，可有地方安身換件乾衣裳，要不……。」

（撫音柔斂，流水淙淙緩緩，微風輕輕盪盪，鳴禽呢呢喃喃。紡織娘以樂引針織呀繞地編著仙鶴、雲雀、錦雞、彩雀、雙鑲雙滾、四爪蟒紋、海水薑芽紋一襲錦緞霞。看到江邊佳景象，氣清風爽人寧祥；春到江邊寄好望，月明總作團圓長。）

我就是摔著了也要摘到隔鄰伸過來的白茶花，翻著牆手瘆腳累，爲的就是摘了要送給繼蓮姊姊，她生得眉翠頰嫣，蔥蔥白白，總是輕吟淺笑舉止恬退，除她以外誰附配得上白茶花。繞過碎石鋪徑的天井來至廂房，聽得細細切切說話聲，蹬腳伏櫺一瞧，是二哥手指著本大畫冊子指指點點說明著，繼蓮在他身旁點頭諾應著。怪了，二哥長沙大學將畢業不是在忙著準備考試，難得回來一趟，我都不知道。想想繼蓮姊姊住進來四個多月，二哥回來得特別勤，前幾天還聽見娘同爹說繼蓮是女子眉好子息好。這一想全明白了。

「小滿，你來了呀，怎在外面瞧著不進來？」嘿嘿，我快步跑進去放下花說了句：「花是送你們賀禮。」又快步跑出，一路笑著沒個止。族裡登功建業各字輩中建字輩就屬二哥最傑出，從小讀書不教人操心，班長更是一路當到大學，人也俊挺禮也謙守，二哥配繼蓮真是登對。果然在我進入江邊村小學就讀的隔年春天，二哥跟繼蓮就結婚了。婚筵上大家說起那段落水情事竟造就了婚緣，無不解頤一笑，擇期當然就得擇在春天才是天注佳期。端了杯甜酒我跑到繼蓮跟前，笑著道聲：「二嫂。」

（報載：國樂演奏家郭建民率團表演新編曲目〈江邊村〉獲熱烈好評。受訪時表示此曲分就春起、春鬧、春和表現出江邊村真有其地的故事，他本身就是那地方人。）

81年4月2日作　贈予我的父親

註1　七嫁橋：傳說清末民初時，有一女子嫁夫七次，每次轎子都經過此橋，名之。

註2　「棫音ㄌㄞˇ，爲當地自創字，意即未成人。」

註3　梔蘭片：將內還未長肉的柚子切成一片一片，放鍋中加進冰糖、甘草、香料煮，再取出瀝乾，日曬約三天即成。

國家圖書館出版品預行編目資料

巴黎的前後時光／郭昱沂著.——初版——臺北市：
大田，民99.08
面；公分.——（智慧田；096）

ISBN 978-986-179-177-7（平裝）

855 99009755

智慧田 096

巴黎的前後時光
作者：郭昱沂

出版者：大田出版有限公司
台北市106羅斯福路二段95號4樓之3
E-mail:titan3@ms22.hinet.net
http://www.titan3.com.tw
編輯部專線（02）23696315
傳眞（02）23691275
【如果您對本書或本出版公司有任何意見，歡迎來電】
行政院新聞局版台業字第397號
法律顧問：甘龍強律師

總編輯：莊培園
主編：蔡鳳儀　編輯：蔡曉玲
行銷企劃：蔡雨蓁　網路企劃：陳詩韻
校對：陳佩伶／蘇淑惠
承製：知己圖書股份有限公司・(04)23581803
初版：2010年（民99）八月三十日
定價：新台幣 220 元

總經銷：知己圖書股份有限公司
（台北公司）台北市106羅斯福路二段95號4樓之3
電話：(02)23672044・23672047・傳眞：(02)23635741
郵政劃撥：15060393
（台中公司）台中市407工業30路1號
電話：(04)23595819・傳眞：(04)23595493

國際書碼：ISBN 978-986-179-177-7 /CIP：855 / 99009755
Printed in Taiwan

廣	告	回	郵
北區郵政管理局登 記證北台字1764號			
免	貼	郵	票

To： **大田出版有限公司　編輯部收**

地址：台北市 106 羅斯福路二段 95 號 4 樓之 3
電話：(02) 23696315-6　傳真：(02) 23691275
E-mail：titan3@ms22.hinet.net

From：地址：..............................

姓名：..............................

＊請沿虛線剪下，對摺裝訂寄回，謝謝！

大田精美小禮物等著你！

只要在回函卡背面留下正確的姓名、E-mail和聯絡地址，
並寄回大田出版社，
你有機會得到大田精美的小禮物！
得獎名單每雙月10日，
將公布於大田出版「編輯病」部落格，
請密切注意！

大田編輯病部落格：http://titan3.pixnet.net/blog/

智　慧　與　美　麗　的　許　諾　之　地

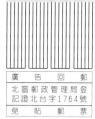

＊請沿虛線剪下，對摺裝訂寄回，謝謝！

閱讀是享樂的原貌，閱讀是隨時隨地可以展開的精神冒險。

因爲你發現了這本書，所以你閱讀了。我們相信你，肯定有許多想法、感受！

讀　者　回　函

你可能是各種年齡、各種職業、各種學校、各種收入的代表，

這些社會身分雖然不重要，但是，我們希望在下一本書中也能找到你。

名字／＿＿＿＿＿＿＿＿性別／□女 □男　出生／＿＿＿年＿＿＿月＿＿＿日

教育程度／＿＿＿＿＿＿＿＿＿＿

職業：□ 學生　□ 教師　□ 內勤職員　□ 家庭主婦

□ SOHO族　□ 企業主管　□ 服務業　□ 製造業

□ 醫藥護理　□ 軍警　□ 資訊業　□ 銷售業務

□ 其他＿＿＿＿＿＿＿＿

E-mail/＿＿＿＿＿＿＿＿＿＿＿＿＿＿電話/＿＿＿＿＿＿＿＿＿

聯絡地址:＿＿＿＿＿＿＿＿＿＿＿＿＿＿＿＿＿＿＿＿＿＿＿＿

你如何發現這本書的？　書名：巴黎的前後時光

□書店閒逛時＿＿＿＿書店 □不小心在網路書站看到（哪一家網路書店？）＿＿＿＿

□朋友的男朋友（女朋友）灑狗血推薦 □大田電子報或網站

□部落格版主推薦＿＿＿＿＿＿＿＿＿＿＿＿＿＿＿＿＿＿＿

□其他各種可能 ，是編輯沒想到的＿＿＿＿＿＿＿＿＿＿＿＿＿＿

你或許常常愛上新的咖啡廣告、新的偶像明星、新的衣服、新的香水……

但是，你怎麼愛上一本新書的？

□我覺得還滿便宜的啦！ □我被內容感動 □我對本書作者的作品有蒐集癖

□我最喜歡有贈品的書 □老實講「貴出版社」的整體包裝還滿合我意的 □以上皆非

□可能還有其他說法，請告訴我們你的說法

＿＿＿＿＿＿＿＿＿＿＿＿＿＿＿＿＿＿＿＿＿＿＿＿＿＿＿＿＿＿

你一定有不同凡響的閱讀嗜好，請告訴我們：

□ 哲學　□ 心理學　□ 宗教　□ 自然生態　□ 流行趨勢　□ 醫療保健

□ 財經企管　□ 史地　□ 傳記　□ 文學　□ 散文　□ 原住民

□ 小說　□ 親子叢書　□ 休閒旅遊　□ 其他＿＿＿＿＿＿＿＿＿＿＿＿

請說出對本書的其他意見：

大田出版有限公司編輯部 感謝您！